AF203045

B.-P. Liegener

Transparenz

Novelle

©2024 B-P Liegener
ISBN Softcover 978-3-384-39938-0
ISBN Hardcover 978-3-384-39939-7

Druck und Distribution im Namen des Autors:
tredition GmbH, Heinz-Beusen-Stieg 5, D-22926 Ahrensburg

Das Wesentliche ist für die Augen
unsichtbar.

Antoine de Saint-Exupéry

Prolog

Ob die Geschichte, die ich hier nieder-
schreibe, wahr ist oder nicht, kann ich nicht
wirklich sagen. Zumindest hat sie mir ein
Freund erzählt, dem ich so sehr vertraute,
dass ich kaum glauben kann, dass sie nicht
der Wahrheit entspricht. Andererseits bin ich
Besitzer eines scharfen Verstandes, dem ich
so sehr vertraue, dass ich kaum glauben
kann, dass sie wahr ist.

Wie dem auch sei: Die Geschichte hat
mich so sehr berührt, dass ich beschlossen
habe, sie nicht im allzu großen Friedhof nie
erzählter menschlicher Schicksale vermo-
dern zu lassen. Mein Freund, der sie mir
unter dem Siegel der Verschwiegenheit erzählt hat, ist schon lange tot, sie hat sich vor
Jahrzehnten in einer Stadt zugetragen, in die
ich nie einen Fuß gesetzt habe, und sicherheitshalber habe ich alle Namen geändert,
auch den meines Freundes hätte ich geändert, wenn er selbst an dem Geschehen

beteiligt gewesen wäre. Glauben Sie also nicht, dass Sie irgendeine der beteiligten Personen erkennen und sie mit Ihnen bekannten Menschen in Verbindung bringen können. Jede Ähnlichkeit wäre rein zufällig.

1.

»Schieß mir eine Rose!« Es war natürlich eine Bitte, obwohl der Tonfall dem gebrauchten Imperativ entsprach und der Zug an seinem Arm ihm eigentlich keine andere Möglichkeit ließ, als ihrem Befehl zu gehorchen oder es wenigstens zu versuchen. Aber ihr Lächeln machte ihm sofort klar, dass es sich nur um einen Wunsch handelte, den man – den ein Mann wie er – einer Frau wie Amelie nun einmal ohnehin nicht abschlagen konnte, weshalb jeder fragende, zweifelnde oder gar bittende Unterton überflüssig gewesen wäre.

»Ich weiß nicht! Sowas habe ich als Kind zuletzt gemacht. Ich fürchte, ich bin kein besonders guter Schütze!« Eigentlich war es relativ egal, ob er ein guter Schütze war, dachte er. Tatsächlich kannte er das Ganze noch von früher: Man musste ein albernes Tonröhrchen zerschießen, das aber immer nur teilweise absplitterte, bis ein beinahe untreffbarer weißer Reststummel am Stiel der künstlichen Blume zurückblieb. Und das mit einem Luftgewehr, dessen verzogener Lauf dem Geschoss eine Richtung verlieh, die niemals der geraden Linie des Blickes über Kimme und Korn entsprach. Nachdem man ein paarmal für zusätzliche Schussversuche bezahlt hatte, bekam man mit einem herablassend gnädigen Lächeln und irgendeiner dummen Bemerkung die erschossene Rose ausgehändigt, weil man es ja fast geschafft hatte.

»Ach bitte!« Na also! Der rotgeschminkte Schmollmund und die großen langwimprigen Augen waren sein Zögern wert gewesen.

»Ich werde es versuchen, aber ich übernehme keine Garantie!« Einen Wangenkuss gab es für seine Schussbereitschaft zwar nicht, aber ihr glückliches Gesicht war ihm fast genauso lieb. Clemens war ein genügsamer Mensch. Insbesondere was Frauen anging. Denn er war realistisch genug, um seine Erfahrungen – oder eben den Mangel an Erfahrungen – mit dem anderen, dem begehrenswerten Geschlecht richtig einschätzen zu können. Warum das so war, wusste er eigentlich nicht, denn er war ein attraktiver Mann: groß, aber nicht riesig, schlank, aber nicht dürr, muskulös, aber nicht aufgepumpt. Seine Gesichtszüge waren ebenmäßig, die gerade Nase weder zu lang oder kurz noch zu breit oder schmal, die dunklen Augen weder zu tiefliegend noch hervorquellend, das Kinn weder kantig noch weichlich. Er hatte keine entstellenden Muttermale und kontrollierte jeden Morgen vor und nach dem Rasieren, ob sich irgendwelche Pickel in seine nur leicht gebräunte Haut eingeschlichen hätten. Aber jetzt war er hier, mit Amelie, und würde ihr eine Rose schießen. Oder es versuchen.

»Gratuliere! Gleich beim ersten Mal!« Der unrasierte Mensch reichte ihm die billige Plastikblume über den Tresen. »Wollen Sie der Dame nicht noch ein paar Rosen mehr schießen? So einer hübschen Frau würde ich Dutzende von roten Rosen schenken!« Was für ein schmieriges Grinsen!

»Danke..., nein danke!« Wieso klang seine Stimme immer so unsicher, wenn er ganz normale Dinge zu solch großkotzigen Trotteln sagte? »Ich denke, das reicht«, schob er noch hinterher, halb als Erklärung für den Schießbudenbesitzer, halb als Frage an seine..., nun ja, an Amelie.

Sie schaute einmal kurz über den Tresen zu diesem unverschämten Kerl, der jetzt wie zufällig weitere Plastikblumen aus einem Korb holte und sie zu einem Strauß bündelte, dann sah sie ihm mit einem nicht interpretierbaren Ausdruck ins Gesicht. Fragend, auffordernd, tadelnd? Bevor sich seine Gedanken sortiert hatten, hoben sich ihre Mundwinkel schon wieder zu einem fröhlichen, einem locker unbeschwerten Lächeln. »Nein, natürlich. Eine Rose reicht vollkommen. Danke!«

Er wusste nicht so recht, was er sagen sollte, oder ob vielleicht er sie jetzt auf die Wange küssen sollte, um der roten Rose die richtige Bedeutung zu verleihen. Aber das... Er reichte ihr wortlos die Plastikblume und versuchte ihr Lächeln unbefangen zu erwidern. Hoffentlich war es kein verkrampftes Grinsen, was dabei herauskam!

»Komm, lass uns weitergehen!« Sie hakte sich bei ihm ein und gemeinsam schlenderten sie weiter über den Rummel. Wie angenehm sich ihr Körper so dicht an seinem anfühlte! Warum hatte er sie nur nicht auf die Wange geküsst? Und warum hatte er diesem Wurm, diesem Geschäftemacher, dieser Schießbudenfigur nicht geantwortet, dass er sich seinen Rosenstrauß sonst wohin schieben könne, dass eine einzelne Rose bedeutsamer sein kann als ein protziges riesiges Plastikbukett, dass er Amelie später einen ganzen Strauß echter Rosen kaufen würde… ach so, das widersprach sich ja. Vielleicht hätte er lieber sagen sollen…

Er hatte sich ein wenig in seinen Gedanken verloren und nicht darauf geachtet, an welchen Fahrgeschäften, Geisterbahnen und Losbuden sie vorbeigekommen waren. Auch hatte er ganz vergessen, dass er eine hübsche Frau am Arm hatte und dass es angemessen gewesen wäre, sie mit einer anregenden Konversation zu unterhalten. Wenn ihm eingefallen wäre, was er hätte sagen sollen. Aber jetzt hielten sie plötzlich an. Jetzt hielt sie an und der Zug an seinem Arm brachte ihn in die Realität und in die Gegenwart zurück. Hoffentlich schaute er jetzt nicht zu überrascht!

»Eine Wahrsagerin!« Amelies Stimme klang etwas zu begeistert für die Szenerie, die sich seiner jetzt wieder nach außen gerichteten Wahrnehmung bot: Es war ein eher unscheinbares Zelt, vor dem sie zum Stehen gekommen waren. Die dunkelblaue Plane war bemalt mit Mond, Sternen und allerlei astrologischen Symbolen, über dem Eingang, eigentlich nur einem Spalt im Zelttuch, einem kruden Vorhang, stand in weinroten Buchstaben »Tempel der Weisheit«. Daneben stand auf einem etwas schief hängenden Schild: »Ich bin die Sibylle. Ich kenne die Vergangenheit, ich erkenne die Gegenwart, ich sehe in die Zukunft«. Also so ein Nepp für Leichtgläubige. Was es nicht alles auf diesem Rummelplatz gab!

»Ja«, lachte er, »meinst du wirklich, dass es Leute gibt, die da reingehen? Also ich könnte mir was Besseres vorstellen, was ich mit meiner Zeit und meinem Geld anfangen könnte.«

»Ach, und was wäre das?« Klang ihre Stimme etwas aggressiv?

»Na ja, wir könnten, also, wenn du Lust hast, äh, sollen wir etwas essen gehen?«

»Hast du es gemerkt? Wir sind hier auf einem Rummel. Da gibt es jede Menge von Ständen, wo man leckere Dinge zu essen bekommt. Du bist aber an allen vorbeigegangen. Die Achterbahn interessiert dich auch nicht, und wir sind noch nicht einmal Autoscooter gefahren. Natürlich könnten wir auch essen gehen, aber wenn das hier alles nichts für dich ist, frage ich mich, warum du überhaupt mit mir hierhergegangen bist.« Ja, das fragte er sich auch. Ausgerechnet auf einen Rummel hatte sie mit ihm gehen wollen. Dass er nur mitgekommen war, um überhaupt die Chance zu bekommen, sie kennenzulernen, konnte er ja schlecht sagen. Jedenfalls traute er es sich nicht.

»Ich…, ich war einfach lange nicht auf einem Rummel. Da dachte ich, ich würde mir das gerne wieder einmal ansehen. Was es hier so gibt und so. Und wir können gerne… da drüben die Walzerbahn – sollen wir die fahren?« Ihm wurde übel bei der Vorstellung, er würde in einem dieser Wagen sitzen und sich hin und her schleudern lassen, während er von ohrenbetäubender Musik beschallt wurde. Wie das zu diesem Freudekreischen führen konnte, das von dort herüberschallte, würde ihm wohl ein Geheimnis bleiben. Aber immerhin könnte er Amelie dann schützend in den Arm nehmen, oder?

»Nein, das sollen wir nicht! Wir sollen jetzt in dieses Zelt gehen und uns etwas über unsere Zukunft erzählen lassen. Du hast doch gesagt, du möchtest sehen, was es hier so gibt. Und eine Wahrsagerin auf einem Rummel ist für mich jedenfalls etwas Neues.«

»Aber das ist doch nur Blödsinn! Ein bisschen Hokuspokus für abergläubische Fantasten. Dafür gebe ich doch kein Geld aus!«

»Dann lade ich dich eben ein! Es ist bestimmt ein Mordsspaß und außerdem lernen wir uns so ein bisschen kennen. Hinterher können wir auch noch darüber reden. Das ist viel spannender, als sich von so einer Bahn durch die Gegend schleudern zu lassen.«

»Da können wir auch unser Horoskop in der Zeitung lesen. Nein – da gehe ich nicht rein!«

»Komm schon, sei kein Feigling! Vor dem Schießen wolltest du dich auch drücken, und schau, wie gut das geklappt hat!« Sie wedelte mit der blöden Plastikblume vor seiner Nase herum. Wieso sollte er feige sein? Nur weil er vernünftig denken konnte? Wenigstens schien Amelie selbst auch nicht an diese Spökenkiekerei zu glauben und wollte sich nur ein paar lustige Minuten machen. Na, wenn's sein musste…

»Also gut!« Er hob das rechte Ende des Vorhanges hoch und schob sie sanft an ihrer Taille in die Dunkelheit des Tempels. Sie fühlte sich gut an, diese Taille. Vielleicht würde es sich ja doch lohnen.

Er wusste nicht so genau, was er erwartet hatte, in diesem Zelt vorzufinden. Vielleicht eine runzlige alte Hexe, die mit langen Fingernägeln nach seiner Hand griff, um voller Entsetzen auf seine Lebenslinie zu schauen, vielleicht eine verhüllte Gestalt, die durch Theaternebel auf eine milchige Glaskugel schaute oder eine Zigeunerin, die von einem unordentlichen Stapel gegriffene, abgenutzte Tarotkarten auf einem schäbigen Filztisch auslegte.

»Sie haben Glück«, sagte der bestimmt über zwei Meter große und überaus kräftige Mann, der durch eine für ihn eigentlich zu kleine Tür von hinten in den großzügig bemessenen Vorraum trat. Mit *großzügig bemessen* meinte Clemens, dass seine Dimensionen das von außen geschätzte Format des gesamten Zeltes deutlich zu übertreffen schienen. Es musste sich um eine optische Täuschung handeln. »Die Sibylle hat heute noch Zeit und Kraft für eine Begegnung. Wer von Ihnen ist es, der ihre Hilfe erbittet?« Als der Riese seine Fingerspitzen zusammenlegte, schienen seine Oberarmmuskeln die Ärmel seines eigentlich weiten und gutsitzenden Frackes für einen Moment sprengen zu wollen. Die Mischung aus beängstigender Kraft und der beruhigenden Seriosität seiner offensichtlich hochpreisigen und gepflegten Kleidung hatte etwas Ehrfurchtgebietendes.

»Wir wollten eigentlich eine gemeinsame Konsultation«, bemerkte Amelie. Ihre Stimme klang etwas leiser, als sie es draußen gerade noch getan hatte, weniger fordernd, beinahe unsicher und eingeschüchtert. »So nennt man das doch, oder?«

Es war ein wohlwollend tadelndes, ein lächelndes Kopfschütteln, das der Hüne zur Antwort gab. »Nur eine Person. Ich bin der Torwächter und habe darauf zu achten. Alles andere wäre für die Sibylle zu anstrengend und für Sie zu indiskret. Also?« Der ruhige Blick wanderte zwischen ihnen hin und her. Clemens gab einen sanften Druck an Amelies Hüfte. Es war ja ihr Wunsch gewesen hier hineinzugehen, also war es auch klar, dass diese eine Person sie sein würde.

»Der Herr hier ist eindeutig der von uns beiden, der den Rat einer Wahrsagerin nötiger hat«, kam Amelie ihm zuvor und schob ihn in Richtung der Tür des Hinterzimmers. Offensichtlich war es für sie nicht so klar gewesen, dass sie es war, die jetzt diese Sibylle hätte kennenlernen müssen.

»Gut, dann sollen Sie es sein.« Der gutgekleidete Kraftprotz deutete eine Verbeugung an. »Hier entlang!« Er hielt Clemens die Tür auf, dem nichts anderes übrigblieb, als sich in sein Schicksal zu fügen und sich mit einer Schwindlerin über sein Schicksal zu unterhalten.

»Viel Vergnügen«, rief ihm Amelie noch freudig hinterher, dann schloss sich hinter ihm die Tür und das Tageslicht blieb draußen zurück. Aber es war keineswegs ein Hinterzimmer, in dem er sich befand. Es war ein breiter, düsterer Gang, dessen Pappmaché-Wände aus massiven Steinquadern zu bestehen schienen. Und er war einige Meter lang, so dass Clemens sich fragte, was für ein Gebäude denn hinter dem unscheinbaren Zelt stand, das er von vorne gar nicht wahrgenommen hatte. Er würde sich nachher die Sache noch einmal von außen anschauen. Was ihn aber am meisten wunderte, war diese kühle Feuchtigkeit und der leicht muffige Geruch, der den Eindruck eines echten, eines uralten Steingewölbes noch verstärkte. Was für ein Aufwand, der hier mit Klimaanlage, Luftbefeuchter und Aromaverdunster betrieben wurde! Und das für einen einzigen Kunden. Da musste doch – oh weh!

»Äh, entschuldigen Sie«, fragte er den Mann, dessen massige Gestalt ihm jetzt den Ausgang verstellte. »Ich habe noch gar kein Ticket gekauft. Was kostet das Ganze denn überhaupt?« Vielleicht konnte er sich doch noch aus der Affäre ziehen, wenn er den absurd hohen Preis für eine Wahrsagerin erfuhr, ohne den das ganze Theater völlig unrentabel sein musste. Peinlich würde es schon werden, aber schließlich konnte man nicht von ihm erwarten…

»Es gibt kein Ticket und Sie müssen auch nichts bezahlen. Sollte Ihnen nach der Begegnung danach sein, ein Opfer für den Tempel zu entrichten, sind Sie natürlich herzlich dazu eingeladen, das in einer Höhe zu tun, die Ihnen beliebt. Aber wie gesagt: Es gibt keine Verpflichtung.« Am Ende des Ganges öffnete sich eine Tür, aus der ihm ein

warmes Licht entgegenströmte. »Bitte, tre-
ten Sie ein: das Heiligtum der Sibylle!«

2.

Es war keine kleine versteckte Kammer, sondern fast ein Saal, durch den Clemens unsicher seine Blicke schweifen ließ, während sich die Tür hinter ihm selbsttätig schloss, ohne dass ein elektrisches Summen zu hören gewesen wäre. Gute Technik! Abermals erstaunte ihn das große Platzangebot hinter diesem kleinen unscheinbaren Zelt. Die vielen Fackeln an den Wänden wirkten, als seien sie echt und würden jeden Moment die ausgefallene Dekoration in Brand setzen. Auch hier gab es täuschend natürlich aussehende Felswände, daran befestigt einige Wandteppiche und Vorhänge mit aufgedruckten Fabelwesen, eindrucksvollen, ihm aber unbekannten Symbolen und irgendwelchen Ornamenten, die ihm nicht recht orientalisch, aber auch nicht wirklich westlich erscheinen wollten. Das Eindrucksvollste war aber der in der Mitte des Raumes stehende thronartige Sessel und vor allem die auf ihm sitzende Frau. Sie war mit einem goldenen Überwurf gekleidet, ein Diadem saß auf ihrem wellig bis über die Schultern hinabfließenden blonden Haar und auf ihrem Gesicht zeichnete sich ein bezauberndes Lächeln ab. Natürlich war sie nur geschickt geschminkt, denn so hübsch konnte keine Frau in Wirklichkeit sein. Vielleicht lagen auch irgendwelche Pheromone in der Luft, die seine Wahrnehmung in eine durchaus angenehme Richtung verfälschten.

»Setz dich!« Auch ihre zarte Stimme schien sich in seine Sinne schmeicheln zu wollen. Eine zarte Hand wies auf einen Stuhl, der ihrem gegenüberstand, tatsächlich den einzigen Stuhl im Raum außer ihrem Thronsessel. Er war bequem, dieser Stuhl. Gut gepolstert mit hoher Rückenlehne und rotsamtenen Armstützen. Und er befand sich in genau in der richtigen Position, dass sich ihre Blicke in Augenhöhe begegnen konnten. Tiefe Blicke.

»Du brauchst nichts zu sagen, noch nichts zu sagen, denn ich weiß, warum du hier bist, und ich weiß auch, was du von mir willst.«

Gar nichts weißt du, dachte er. *Ich bin nur hier, weil Amelie dieses alberne Zelt ent-*

deckt hat, und ich will nichts von dir, außer dass ich schnell wieder draußen bin, damit ich mit ihr noch einen schönen Nachmittag verbringen kann!

»Du denkst, es sei Zufall, der dich hierhergeführt hat, oder die Laune einer schönen Frau.« Die Lippen der merkwürdigen Priesterin oder Göttin, oder was immer sie darstellen wollte, bewegten sich stumm, als formten sie Beschwörungsformeln in einer fremden, einer exotischen Sprache. Ihre großen Augen blickten blinzelfrei in sein Gesicht. »Amelie«, sagte sie schließlich. »Du denkst, sie hätte sich dazu entschlossen, ihre Neugier zu befriedigen, als sie zufällig an einem Zelt mit astrologischen Symbolen vorbeikam.«

»Amelie? Woher kennen Sie ihren Namen?«

»Ich kenne die Vergangenheit. Ihre und vor allem deine Vergangenheit. Und ich weiß, dass es kein Zufall war, der euch hierhergeführt hat, sondern Bestimmung.« Hatte sie oder ihr muskulärer Tempeldiener sie beide vor dem Zelt belauscht? Hatte er sie beim Namen genannt? Daran konnte er sich nicht erinnern, aber vielleicht… Woher sonst hätte die falsche Prophetin ihren Namen kennen können?

»Ebenso ist es nicht dein Wunsch, so schnell wie möglich aus dem Tempel zu kommen, auch wenn du das denkst. Dein wahrer Wunsch liegt ganz woanders.« Doch, genau das war sein Wunsch. Aber das konnte doch wohl nicht sein! Konnte diese Frau wirklich seine Gedanken lesen? Wo lag der Trick? Wie funktionierte das? Es konnte gar nicht funktionieren! Und doch – Psychologie? War er vielleicht unruhig auf seinem Sitz hin und her gerutscht, woraus sie etwas wie einen Fluchtinstinkt abgeleitet hatte? Irgend so etwas mit Verhaltensbeobachtung? Vielleicht sollte er sie auf die Probe stellen. Sie etwas fragen, was sie einfach nicht wissen konnte.

»Ich werde dir nur Fragen beantworten, deren Antwort du selbst nicht kennst«, sagte ihre sanfte Stimme. »Und du brauchst sie mir nicht zu stellen, denn ich kenne sie besser als du selbst.« Schon wieder! Wieder hatte sie seine Gedanken gelesen. Oder erraten? Möglicherweise denken über neunzig Prozent aller Menschen, denen man vorgaukelt, man könne ihre Gedanken lesen, daran, eine Falle für den angeblichen Gedankenleser zu stellen. Das war kaum als Trick zu bezeichnen, sondern eher als Einfühlungsvermögen, Menschenkenntnis oder Erfahrung.

»Du kommst zu mir, weil dir deine Schüchternheit im Weg ist, und dein Wunsch ist, dass ich dir helfe sie zu überwinden.« Also das war ja wohl eine Unverschämtheit! Er war doch nicht schüchtern! Natürlich – er war nicht gerade eine Rampensau und liebte es nicht, vor vielen Menschen zu reden. Er stand auch nicht gerne im Mittelpunkt. Er war kein kopfloser Draufgänger, sondern handelte eher durchdacht. Er war nicht allzu spontan und eher leise als laut. Zurückhaltend war er. Ja, zurückhaltend. Das war doch etwas Gutes. Aber doch nicht schüchtern. Das war ja albern! Wenn es ihm nicht so unhöflich erschienen wäre, wäre er jetzt aufgesprungen und hätte diesen Disneyland-Tempel schnurstracks verlassen.

»Das Problem vieler Menschen ist, dass sie ihr eigentliches Problem nicht erkennen. Sie versuchen mit allen Mitteln gegen seine Folgen anzukämpfen, ohne an die Wurzel des Übels zu gehen. Sie durchschauen einfach nicht die Zusammenhänge.« Sie lächelte so freundlich, dass er ihr ihre Besserwisserei nicht übelnehmen konnte. Also gut. Dann würde er auf ihr Spiel eingehen. Immerhin war es eigentlich gar nicht so schlecht, mit ihr zu plaudern. Schließlich war sie eine reine Augenweide.

»Und welche Folgen wären das in meinem Fall? Wenn mein Problem die Schüchternheit wäre?«

»Ich sagte doch, ich werde dir nur Fragen beantworten, deren Antwort du nicht selbst kennst. Die Antwort auf diese Frage kennst du aber. Denn deshalb bist du heute hier auf dem Rummel.«

»Ich bin auf dem Rummel, weil Amelie mich gefragt hat, ob ich mitkomme. Deshalb!« *Und weil ich nie Verabredungen mit hübschen Frauen habe*, dachte er, *obwohl ich eigentlich doch ein gutaussehender Mann bin. Ich habe ein festes Einkommen, bin treu und ehrlich, höflich und zuvorkommend. Eigentlich bin ich eine richtig gute Partie.* Warum schwieg sie jetzt? Und so lange?

»Du beginnst nun langsam, die Zusammenhänge zu durchschauen. Das ist gut.« Was sollte er durchschauen? Dass seine Misserfolge bei Frauen mit seiner Schüchternheit zusammenhingen? Blödsinn! Frauen wussten zurückhaltende Männer sehr wohl zu schätzen. Nur oberflächliche Flittchen fuhren auf extrovertierte Machos ab. Diese Frau da war es, die er zu durchschauen begann. Ein verführerisches Lächeln, ein bisschen Seelenmassage gewürzt mit billigen Psychotricks und hinterher sollte er bereitwillig ein ordentlich hohes »Opfer« für ihren Tempel bringen, damit sich die ganze Charade auch richtig auszahlte.

»Wieso glauben Sie, dass ich irgendetwas durchschaue, was ich vorher nicht wusste?« Wieso siezte er die junge Frau eigentlich, die ihn die ganze Zeit duzte? Und die glaubte, ihn durchschauen zu können. Und zu wissen, was er durchschauen würde. Irgendwie wurde das Ganze langsam ziemlich kompliziert.

»Ich erkenne die Gegenwart.«

»Und Sie sehen die Zukunft. Ich habe das Schild draußen gelesen.«

»Nicht die ganze Zukunft, ich sehe nur in die Zukunft. Einzelne Aspekte. Das Schwierige ist, dass sich die Zukunft durch unsere Entscheidungen und Handlungen in der Gegenwart so sehr ändern kann. Und manchmal durch unsere Wünsche.«

»Das mit den Entscheidungen und Handlungen kann ich gut verstehen. Wenn ich mich heute entscheide eine Bank auszurauben und dies dann auch tue, sitze ich in der Zukunft im Gefängnis oder bin ein reicher Mann. Aber das mit den Wünschen? Wünsche haben nichts mit der Realität zu tun. Es ist noch nie etwas passiert, nur weil ich es mir gewünscht habe.« Warum unterhielt er sich plötzlich mit dieser fremden Frau, als könne er irgendetwas von ihr lernen? Hier in diesem Zelt voller Illusionen, diesem »Tempel der Weisheit«, dieser Heimstatt der unechten Gemäuer und luftigen Hirngespinste.

»Du musst einen sehr konkreten Wunsch haben. Und du musst ihn in einer bestimmten Situation klar äußern. Es sind seltene Augenblicke, in denen das möglich ist. Jetzt ist so ein Moment. Wenn du auf die Weisheit vertraust und dich auf ihre Priesterin, die Sibylle einlässt, wird dein Wunsch Wahrheit werden.« Was sollte das jetzt wieder? Er war doch nicht in einem Märchen, in dem einem die gute Fee drei Wünsche erfüllte. Aber diese hübsche junge Frau schien eine geradezu magische Anziehungskraft auf ihn auszuüben. Eine Aura von goldener Zuversichtlichkeit umstrahlte sie.

»Es ist nur ein Wunsch. Formuliere ihn klar und eindeutig, damit du dich später nicht darüber wunderst, dass er in Erfüllung geht. Hüte dich vor einer übereilten Entscheidung, aber verpasse nicht die Gelegenheit. Denn jetzt ist es an der Zeit für dich, etwas zu sagen. Wenn du dich traust.« Wieso sollte er sich nicht trauen? Aber was sollte er sich wünschen? Dass er mehr Erfolg bei den Frauen hätte? Dass er seine Schüchternheit überwinden könnte? Hatte das wirklich etwas miteinander zu tun? Das Ganze war wirklich undurchschaubar. Aber vielleicht war es genau das. Das Wichtige war, die Zusammenhänge zu erkennen. Und plötzlich hatte er seinen Wunsch.

»Ich möchte alles durchschauen!« Die selbsternannte Priesterin legte ihren Kopf schief, und für einen Moment dachte er, ihr Lächeln sei verschwunden. Doch dann war es wieder da, das beruhigende, das strahlende Lächeln.

»Dein Wunsch wird langsam in dir wachsen und er wird sich in Realität verwandeln. Unsere Begegnung hat mich sehr erschöpft. Da du aber noch andere Fragen an die Zukunft hast werde ich sie dir auch noch kurz beantworten: Ja, du wirst deine Schüchternheit verlieren. Und ja, du wirst Erfolg bei den Frauen haben.« Konnte es sein, dass sich ein kleines, ein klitzekleines spöttisches Schmunzeln in ihr Lächeln geschlichen hatte? »Heute wirst du allerdings allein nach

Hause gehen müssen, denn deine Amelie hat inzwischen das Warten aufgegeben.« Damit ließ sie ihre Augenlider über die dunklen Pupillen hinabgleiten und auch die Lächelmuskulatur entspannte sich zu einem neutralen Gesichtsausdruck, als sei sie von einem Moment auf den anderen in den Schlaf gefallen. Im gleichen Moment öffnete sich wie von Geisterhand hinter ihm die Tür zum Flur. Ein Blick auf die Uhr sagte Clemens, dass zu der Annahme, dass Amelie gegangen war, keine Hellseherei notwendig gewesen war, denn er hatte die Zeit völlig vergessen und sie schien wie im Flug hinweggehuscht zu sein. Ganz leise stand er auf, schritt durch den dunklen Gang und die zweite Tür. Der Vorraum war leer, es war nichts von dem mächtigen Mann in seinem Frack zu sehen. Er schob sich durch den Vorhang und machte sich auf den Weg nach Hause. Dass er sich das Zelt von außen hatte anschauen wollen, fiel ihm erst ein, als er in seiner hinreichend aufgeräumten kleinen Wohnung angekommen war und sich in den Sessel fallen lassen hatte. Jetzt war es zu spät, noch einmal zurückzugehen. Vielleicht sollte er bei Amelie anrufen, sich erkundigen, wie es ihr ging, und erklären, warum es da drinnen so lange gedauert hatte, aber eigentlich wusste er das selbst nicht so recht und vielleicht war es ja auch dafür schon zu spät. Er hätte auch nicht gewusst, ob er sich entschuldigen sollte, oder eine Entschuldigung von ihr erwartet hätte, da es ja ihre Idee und ihr Drängen waren, die ihn überhaupt in diese seltsame Situation gebracht hatten. Aber darüber konnte er sich auch morgen noch Gedanken machen.

3.

Die Zahnpasta war nicht weiß. Also natürlich war sie weiß, aber irgendwie anders weiß als sonst. Ein bisschen perlmuttartig schimmernd vielleicht. Zwar undurchsichtig, von hoher Opazität, aber dennoch eine Idee durchscheinend. Wie die Flüssigseife in ihrem durchsichtigen Plastikspender. Ein unbekanntes Phänomen. War es eine optische Täuschung? Clemens schaute auf die Milchglasscheibe seiner Badezimmertür, durch die aber keine wesentliche Lichtmenge hereinfiel. Das Licht strahlte durch das gerade erst vorgestern streifenfrei geputzte Fenster aus einem nur leicht bewölkten Morgenhimmel direkt auf die Zahnpasta auf seiner Bürste. Vielleicht gab es noch etwas zusätzliches Licht, das vom Spiegel reflektiert phasenversetzt aus einem anderen Winkel, fast von hinten, auf die Zahnpasta fiel, vergeblich versuchte, sie zu durchdringen und sie dann wie ein Halo mit diesem ungewohnten Schimmer umgab? Die

Frage war, warum er dieses Phänomen noch nie bemerkt hatte.

Grundsätzlich gab es drei Arten von ungewohnten Phänomenen, die einem im Alltag begegnen konnten: Dinge, die man sah, aber nicht wahrnahm, Dinge, die man wahrnahm, aber über die man sich keine Gedanken machte und Dinge, über die man sich Gedanken machte, obwohl man sie gar nicht sah. Es könnte also sein, dass seine Augen diese merkwürdige Farbe schon immer gesehen hatten, aber sein Bewusstsein sich nicht dafür interessiert hatte. Das war aber unwahrscheinlich, weil er sich jeden Tag darüber freute, wenn es ihm gelang, der Zahnpasta den gleichen eleganten Schwung zu verleihen, den man so oft im Werbefernsehen sah. Auch Kategorie zwei kam nicht recht infrage, weil er sich immer viel Zeit für seine sorgfältige Morgentoilette nahm und sich oft über den Unterschied zwischen Zahnpasta und Zahncreme Gedanken gemacht hatte. Creme war etwas für die Haut, etwas Weiches und Zartes, aber um seinen Zähnen ihren sauberen Glanz zu erhalten war die pastöse Konsistenz des Reinigungsmittels zumindest gefühlt von eminenter Bedeutung. Also etwa die dritte Kategorie? Gerade gestern hatte er es ja mit jeder Menge von optischen Täuschungen zu tun gehabt. War es da ein Wunder, dass er jetzt versuchte in jeder normalen Erscheinung einen ungeklärten Lichteffekt zu finden? Aber diese Verfärbung, Entfärbung, Konsistenzänderung, oder worum es sich auch handeln mochte, war real. Konnte Zahnpasta schlecht werden? Er schaute auf die Tube.

Ah! Hier handelte es sich um ein Phänomen der ersten Kategorie. Bevor er noch das weit in der Zukunft liegende Ablaufdatum auf dem Tubenfalz lesen konnte, sprang ihm der rote Balken unter dem gewohnten Schriftzug seiner Zahnpastamarke ins Auge. *Neue Formulierung – verbesserte Zahnhygiene* stand da in offensichtlich verkaufsfördernder Absicht. Er hasste so etwas! Die Zahnpasta war immer gut gewesen, aber man musste sie unbedingt verändern, bis sie das nicht mehr war. Auf diese Weise hatte seine Lieblingssonnenmilch ihn im letzten

Jahr als Kunden verloren, seit sie nach Baby-creme roch. Und sein ehemaliges Lieblings-getränk konnte er auch nicht mehr riechen, seit es *gesund und lecker* war. Glücklicher-weise schmeckte seine Zahnpasta wie frü-her, deshalb hatte er nicht auf den neuen Balken geachtet, obwohl er ihn sicher gese-hen hatte. Er hatte ihn einfach nicht wahr-genommen.

Es war immer ein gutes Gefühl, mit einem gelösten Problem in den Tag zu starten, selbst wenn es sich nur um die Farbe seiner Zahnpasta handelte.

»Guten Morgen!«

»Guten Morgen, Herr Heinze!«

»Morgen, Clemens!«

»Moin, Moin!«

»Hallo, Herr Heinze!«

Clemens war es gewohnt, wenn er ins Geschäft kam, erst einmal eine Runde durch die zwei Etagen des eleganten Modehauses zu drehen, um alle zu begrüßen. Als Substi-tut der Filiale, als stellvertretender Leiter, kam er etwas später als die meisten Kollegen, wofür er aber abends auch länger blieb. Sein morgendliches Grußritual sollte den Zusammenhalt der Belegschaft fördern und seine Erreichbarkeit für alle Sorgen, Bitten oder Vorschläge der Kollegen demonstrieren, auch wenn er tagsüber den Großteil seiner Arbeitszeit im Büro verbrachte. Wo ihn äußerst selten jemand aufsuchte, um eine Sorge, Bitte oder einen Vorschlag zu äußern.

»Guten Mor…« Amelie hatte sich von ihm abgewandt, bevor er sie noch richtig begrüßen hätte können. Es wäre beinahe etwas wie ein Affront gewesen, wenn jemand es mitbekommen hätte.

»Schau dir diesen Ärmel an!«, rief sie Frau Brambach zu, die daraufhin hinter dem großen Pfeiler am Rand des Umkleidebereiches hervortrat.

Er folgte Amelie drei Schritte und sagte nun morgendlich munter mit vielleicht etwas zu unbefangen lauter, fast schriller Stimme zu beiden Verkäuferinnen: »Guten Morgen, die Damen!« Nun konnte sie ihm doch nicht mehr ausweichen?

»Guten Morgen, Herr Heinze«, antwortete Frau Brambach, wie es sich gehörte.

»Guten Morgen, Herr Heinze«, antwortete auch Amelie, wie es sich für sie nicht gehörte. *Clemens* hätte sie sagen sollen. Was sollte Frau Brambach denken, die neulich sehr wohl mitbekommen hatte, wie er ihrer Kollegin das Du angeboten hatte. Oder war sie es, die es ihm angeboten hatte? Das Ganze war ohnehin schon sehr peinlich gewesen. Aber wie sollte er jetzt… Am besten ein Kompromiss: »Äh, Amelie, könnten Sie nachher, äh, könnten Sie mal kurz in meinem Büro vorbeikommen? Ich meine, wenn Sie das Problem mit dem Ärmel geklärt haben, obwohl…, oder auch wenn ich dabei helfen kann, oder?« Amelie musste grinsen.

»Natürlich werde ich vorbeikommen. Ich bin schon gespannt, was Sie mir zu sagen haben.« Jetzt war es Frau Brambach, die sich wegdrehte, vermutlich, damit er ihr unterdrücktes Kichern nicht mitbekommen sollte. Und der Tag hatte doch so gut angefangen! Hoffentlich ließ sich auch die Missstimmung zwischen Amelie und ihm so leicht auflösen, wie sich das Rätsel der Zahnpasta hatte lösen lassen.

»Komm rein!« Es war die Art des Klopfens gewesen – klar, energisch, aber nicht etwa laut – die ihm verraten hatte, dass es Amelie war, die dort vor seiner Bürotür stand. Zugegebenermaßen wäre es auch zumindest sehr unerwartet gewesen, wenn ihn jemand anderes in seiner vormittäglichen Einsamkeit besucht hätte. Nun, er war innerlich vorbereitet auf das, was nun käme. Eigentlich sagte ihm sein Verstand, dass er es sein sollte, der verärgert war. Auf ihren Wunsch hin war er zu dieser Wahrsagerin gegangen, und als er wieder herauskam aus dem albernen Zelt, war sie verschwunden gewesen. Einfach abgehauen! Andererseits war er schon eine ganze Zeitlang in dem ominösen Tempel geblieben, hatte sich in den Absonderlichkeiten der hübschen oder zumindest schöngeschminkten Priesterin verloren. Konnte Amelie wissen, dass die Wahrsagerin eine hübsche junge Frau gewesen war? Und schließlich war er es, der

Amelie näher kennenlernen wollte. Vorwürfe ihr gegenüber würden sicher nicht dazu beitragen, ihr Verhältnis zu verbessern.

»Da bin ich! Also: Was hat der Herr Substitut mir zu sagen? Haben Sie noch einen schönen Abend gehabt, Herr Heinze?«

»Lass das! Ich bin Clemens und es tut mir leid. Wirklich sehr leid! Als ich aus dem verdammten Zelt gekommen bin, war es plötzlich viel später. Ich weiß auch nicht, was ich so lange da drin gemacht habe. Es kam mir viel kürzer vor. Vielleicht hat sie mich hypnotisiert, diese Sibylle.«

»Und dann ist sie mir dir durch den Hinterausgang verschwunden, und ihr habt irgendetwas miteinander angefangen, wovon du natürlich nichts weißt, weil du hypnotisiert warst!«

»Aber nein! Es gibt keinen Hinterausgang, oder wenigstens kenne ich ihn nicht, denn ich bin da nicht rausgegangen. Es hat einfach nur lange gedauert, und als ich rauskam, warst du verschwunden. Ich kann verstehen, dass du nicht so lange warten konntest. Ich sage doch, es tut mir leid!«

»Aber ich habe gewartet. Eine Viertelstunde lang stand ich vor dem Zelt wie bestellt und nicht abgeholt und habe geduldig auf dich gewartet. Dann kam dieser riesige Mann heraus und hat das Zelt abgeschlossen.«

»Er hat das Zelt abgeschlossen?«

»Ja, ich wusste auch nicht, dass man ein Zelt abschließen kann. Er hat drei breite Laschen von der Innenseite der einen Seite der Plane mit ihren Metallösen über sehr stabil aussehende Stahlbügel auf der anderen Seite gestülpt und sie mit massiven Vorhängeschlössern gesichert. Ein verschlosseneres Zelt kann man sich gar nicht vorstellen!«

»Das meine ich nicht. Ich meine – natürlich kann man ein Zelt irgendwie verschließen. Aber es war offen, als ich rausgekommen bin. Der Riese war verschwunden und du natürlich auch.«

»So, so! Mir hat er aber noch etwas erzählt, dein Riese, bevor er gegangen ist.«

»Er… was hat er dir erzählt?«

»Dass du schon weg bist, hat er gesagt. Ich habe ihn natürlich nach dir gefragt, als er sich anschickte, das Zelt zuzumachen. *Das kann ja wohl schlecht sein*, habe ich gesagt. *Ich habe die ganze Zeit hier gestanden und auf ihn gewartet.* Er zuckte nur mit den Schultern und hat gesagt, der Tempel habe viele Ausgänge. Und dann ist er weggegangen. Und das Zelt war verschlossen. Von außen! Wie willst du da vorne rausgekommen sein?«

Clemens war verblüfft. Das Zelt war doch offen gewesen!

»Vielleicht…, vielleicht ist er später noch einmal zurückgekommen. Es war ja schon fast Abend, als ich rausgekommen bin. Obwohl ich gar nicht so lange da drinnen war. Es war alles so… Es war alles irgendwie so irreal!«

»Jetzt pass mal auf: Wir sind nicht zusammen, also steht es dir völlig frei, irgendeine Wahrsagerin für attraktiver zu halten als mich und mit ihr zu tun, was du willst. Aber wenn du mit mir zusammen irgendwohin gehst, könntest du wenigstens den Anstand haben, mir mitzuteilen, dass unsere Verabredung beendet ist, weil du was Besseres gefunden hast. Wie gesagt: Ich stand da vor dem Zelt wie bestellt und nicht abgeholt. Und jetzt von Hypnose und irrealen Gefühlen zu reden, macht es auch nicht gerade besser.«

»Aber ich…, nein, ich…«

»Es ist gut, Clemens, oder eben nicht gut. Aber eigentlich ist es auch egal, denn mit mir wirst du sicher nie wieder irgendwohin gehen. Und diese Scheißblume kannst du auch behalten!« Die Rose flog auf den Boden, die Tür flog zu.

Er stand noch eine Weile verdattert hinter seinem Schreibtisch, der wie ein Bollwerk die Distanz zwischen ihm und jedem Besucher seines Büros wahrte. Hätte er sich eben hinter ihm hervorgewagt, hätte er wahrscheinlich eine Ohrfeige bekommen. Und sie hatte ja Recht! Längst vergessene Erinnerungen gingen ihm durch den Kopf, wie er versetzt worden war, gewartet hatte mit immer mehr schwindender Hoffnung, zuletzt fest überzeugt, dass niemand mehr auftauchen würde. Aber er hatte gewartet und gewartet. Zornig verbrachte Nächte voller wütender Gedanken. Sein sachlich unterdrückter Ärger über läppische Entschuldigungen. Schließlich hatte er es vermieden, sich zu verabreden, wo immer es ging. Die Enttäuschungen waren seltener geworden. Und jetzt sollte er…

Clemens setzte sich hinter sein Bollwerk und beschäftigte sich mit der Winterkollektion. Er würde sich irgendwie bei Amelie entschuldigen müssen. Richtig entschuldigen. Dazu musste er aber erst einmal wissen, was da gestern wirklich passiert war. Es gab nur einen Weg: Heute nach Feierabend musste er wieder zum Rummel. Irgendwie würde er die ganze Sache dann schon durchschauen!

Seine Hand klebte an dem Kugelschreiber, den er die ganze Zeit hin und her gedreht hatte. Total schwitzige Hände hatte er bekommen. Wie gut, dass die Toilette sich fast gegenüber auf dem Flur befand. Da konnte er den Schweiß von den Händen und die Verwirrung aus dem Gesicht waschen.

Er ließ das kalte Wasser noch eine Weile über seinen Puls laufen, aber irgendetwas stimmte nicht. Er drehte den Hahn zu und wieder auf. Ganz auf, so dass ein kräftiger, breiter Strahl ins Becken und auf sein Hemd spritzte. Ein schöner, runder Wasserstrahl, klar wie Wasser. Aber das durfte eigentlich nicht so sein! Er drehte das Wasser noch einmal ab und wieder an. Klares Wasser. Schon tausende von Malen hatte er diesen Wasserhahn bedient. Und sobald er das Wasser voll aufgedreht hatte, war der klare Strahl milchig trüb geworden. Das lag an der Verwirbelung. Kleine Luftbläschen entstanden im klaren Wasser, die das Licht reflektierten. Weißes Licht, das sich aus allen Farben zusammensetzte. Aber jetzt... Es war ein Phänomen der dritten Kategorie: Er machte sich Gedanken über etwas das er nicht sah. Vielleicht war der kleine netzartige Einsatz aus der Mündung des Wasserhahnes gefallen oder genommen worden, dessen Sinn ihm nie ganz klar gewesen war. Diente er zum Wassersparen? Jedenfalls fand dort die Durchsetzung des Wassers mit der Luft statt, und…

Er tastete die Öffnung ab und seine Fingerspitzen rieben über das feine Drahtnetz. Vielleicht ein anderes Modell? Er müsste den Hausmeister fragen. Egal! Er trocknete sich die Hände ab und begab sich wieder zurück an seine Arbeit, mit der er aber nicht recht vorankommen wollte.

Heute war einer jener seltenen Tage, an denen er früher Feierabend machen würde.

4.

Er hatte sich auf dem Weg zum Rummel Gedanken gemacht. Woran konnte es nur liegen, dass der Wasserstrahl so klar geblieben war, obwohl er den Hahn bis zum Anschlag aufgedreht hatte. Er erinnerte sich an die Zeit, als er sich viel mit Fotografieren beschäftigt hatte. Um Lichtreflexion auf einer Wasseroberfläche zu vermeiden, benutzte man einen Polfilter. So ganz hatte er es nie verstanden, aber der ließ nur Licht durch, dessen Wellen parallel verliefen, alles, was irgendwie schräg oder im rechten Winkel zu dieser Schwingung lief, wurde weggefiltert. Wie auch immer es funktionierte: Mit so einem Filter konnte man ins Wasser sehen, Fische, Pflanzen oder was immer es sonst dort zu sehen gab, klar erkennen, die ohne ihn aufgrund der Reflexion des Sonnenlichtes unsichtbar waren. Er trug keine Brille, aber hatte sich vielleicht irgendetwas an seiner Hornhaut verändert, und er schaute wie durch einen Polfilter?

Da war das Zelt! Unauffällig, klein und unschuldig, wie es wirkte, schien sich der ganze Tempel hinter der dicken Plane zu verstecken. Er entschied sich erst einmal von außen die Dimensionen des Tempels zu erkunden. Er zwängte sich seitlich zwischen dem Zelt und der danebenstehenden Losbude hindurch und trat dabei auf die Reste eines weggeworfenen Stieles mit Zuckerwatte. Was für Schweine es doch gab, dachte seine klebrige Schuhsohle. Nach wenigen Metern befand er sich hinter dem Zelt. Das hätte aber nicht so sein dürfen. Hier musste der düstere Gang entlangführen, den er gestern entlanggeschritten war, um in das Allerheiligste des Tempels zu gelangen. Stattdessen: nichts! Nur die Rückwand eines provisorischen Gebäudes mit einem Dunstabzug, aus dem der Geruch von Bratwurst und Hamburgern herauswaberte. Hatten die das Ding aus Fertigteilen über Nacht oder heute früh zusammengezimmert, nachdem der scheinsteinerne Gang in aller Eile abgebaut worden war? Aber warum?

Wenn er schon einmal hier war, konnte er auch dem Sog des Brutzelgeruchs folgen, und seinem hungrigen Magen ein paar Minuten seines Erkundungsrundganges opfern.

»Sind Sie neu hier auf dem Rummel?«, fragte er den Mann hinter dem Tresen, nachdem er eine Rostbratwurst geordert hatte.

»Machen Sie Witze? Wir sind auf jedem Rummel einer der ersten Stände. Die Kollegen, die ihre Fahrgeschäfte aufbauen sind immer unsere ersten Kunden. Senf?«

»Ja bitte! Dann kennen Sie auch die Schausteller ein bisschen? Die wahrsagende Sibylle zum Beispiel?«

»Die hat wahrscheinlich noch nie eine Bratwurst gegessen. Jedenfalls kenne ich sie nicht. Vielleicht einer der Kollegen, aber eigentlich bin ich immer da.« Der Mann drückte auf den Hebel eines großen Senfbehälters und zog einen fetten Strang eines durchsichtigen, gelblichen Gels über die Wurst, dessen Ende den gleichen eleganten Schwung bekam wie die Zahnpasta im Werbefernsehen.

»Sie haben doch gesagt, Sie möchten Senf«, grunzte der Wurstbrater. Offensichtlich eine Reaktion auf seinen Gesichtsausdruck.

Clemens schaute den Mann mit großen Augen und offenem Mund an, dann wieder auf die Wurst. Was irgendwo zwischen Verwunderung und – ja – Entsetzen liegen musste, wirkte wohl wie Ärger als eine Art Senfabwehrreaktion. »Ja…, nein…, doch, natürlich. Natürlich will ich Senf. Vielen Dank!« Dass seine Hand, die das Brötchen griff, so zitterte, überraschte ihn fast so sehr wie die Durchsichtigkeit des Senfes. Was passierte hier mit ihm? Was war das Ganze für eine undurchsichtige Angelegenheit?

Zumindest roch das, was er in der Hand hielt wie eine Wurst mit ganz normalem Senf und das, wo er nun hineinbiss, schmeckte auch so. »Danke«, sagte er noch einmal mit betont zufriedenem Lächeln.

Dann schlenderte er scheinbar ziellos wieder auf die Rückseite der Wurstbraterei, um seinen Rundgang um das Wahrsagerzelt fortzusetzen. Auch auf der anderen Seite gab es keinen Hinterausgang. Vielleicht würde das Amelie beruhigen. Sie könnte es nachprüfen. Aber dann: Wer konnte schon wissen, ob sich die Plane irgendwo anheben ließ, so dass er heimlich hinausschlüpfen hätte können. Was war das doch alles kompliziert!

Vor dem Eingang stand er noch etwas herum, bis er seine Wurst aufgegessen, den Mund an der Serviette abgewischt und diese in den Mülleimer der Losbude geworfen hatte. Die Losbude! Vielleicht konnten die ihm ja dort etwas mehr über diese Sibylle erzählen.

»Die alte Sibylle? Sie sollten lieber ein paar Lose kaufen. Da erfahren Sie gleich, ob es das Schicksal heute gut mit Ihnen meint und Sie zum glücklichen Gewinner eines Hauptgewinnes werden lässt.« Die Losverkäuferin in ihrem schmuddelig weißen Kittel schüttelte aufdringlich ihren Plastikeimer mit den kleinen bunten Papierröllchen. Einen kurzen Moment streifte der Gedanke an Clemens′ Gehirn vorbei, das wirklich zu tun, um etwas von ihr über ihre Nachbarin zu erfahren. Aber weder war die Sibylle, die er kennengelernt hatte, alt noch schien die Dame vor ihm an irgendetwas anderem interessiert zu sein, als ihre Lose an den Mann, nämlich ihn zu bringen. Nein, diese Investition konnte er sich sparen.

»Vielen Dank! Ich glaube, ich werde die alte Dame selbst fragen«, wehrte er also ihr Angebot ab und wandte sich dem Zelteingang zu, den er gestern gemeinsam mit seiner – nein, leider nicht seiner – Amelie durchschritten hatte. Ein wenig komisch war ihm schon zumute bei dem Gedanken, dass er gleich vor dem riesigen Muskelpaket stehen würde und Erklärungen von ihm fordern sollte. Aber es musste wohl sein! Er nahm einen tiefen Atemzug und schob den Vorhang beiseite.

»Ah, kommen Sie herein, junger Mann und nehmen Sie Platz!« Das runzlige, stark gebräunte Gesicht der kleinen, gebeugten Frau mit den milchig-wässerigen Augen hatte so viel Ähnlichkeit mit der Sibylle von gestern wie ein verrostetes Autowrack ohne Räder, Scheinwerfer und Windschutzscheibe auf einem Schrottplatz mit einem nagelneuen, lackglänzenden Sportcabrio im Schaufenster eines teuren Neuwagenhändlers. Was für ein unpassender Vergleich! Aber was konnte er schon für seine unsinnigen Assoziationen?

»Zehn Mark und Sie erfahren alles über Ihre Vergangenheit, die Natur ihrer Probleme, wie Sie sie lösen können und natürlich...« Die alte Dame machte eine bedeutsam erscheinen sollende Sprechpause, ließ ihre Augen wachsen, bis ihre weißen Brauen unter der schwarzen Kapuze ihres Hexenkostümes verschwanden, und haucht dann: »Ihre Zukunft!«

»Nein, danke! Ich war gestern schon hier. Aber nicht bei Ihnen! Ich will eigentlich nur wissen...«

»Alle wollen nur wissen! Und ich weiß! Zehn Mark und ich verrate Ihnen alles, was Sie wissen wollen.« Ihre knochige Hand streckte sich ihm entgegen. »Zehn Mark!«

War es eine bittende, eine drängende, eine erpresserische Stimme?

Clemens wollte schon in seine Jackettasche greifen, um das Portemonnaie zu zücken, aber irgendwie legte sich sein Ärger über die Losverkäuferin, der es nur ums Geld ging, in den Weg seiner Bewegung. Er hatte ihn vorhin heruntergeschluckt, aber die Zeit zum Verdauen hatte wohl gefehlt. Er stützte die Hände zu Fäusten geballt in die Hüften. »Und wenn ich nun darauf bestehe, dass sie mir erzählen, was hier gestern passiert ist, ohne Ihnen dafür Geld zu geben, was dann? Rufen Sie Ihren muskelbepackten Riesen zu Hilfe?«

Nun war es an der Reihe der Wahrsagerin, ein verdutztes Gesicht aufzusetzen. Aber es wirkte nicht aufgesetzt, sondern spontan. »Ich… wieso? Was war gestern? Und ich habe keinen Riesen, der mir hilft, ich…, aber ich habe einen Alarmknopf! Wenn ich den drücke, leuchtet draußen eine rote Lampe und es schrillt eine Sirene. Alle kommen, um mir zu helfen. Ich bin hier sehr beliebt!«

Das war nun alles andere als glaubhaft. Aber gerade die Durchsichtigkeit ihrer Verteidigungslügen ließ ihre Leugnungen als völlig wahr erscheinen. Sie wusste nichts von einem Riesen und sie konnte sich auch nicht von gestern an ihn erinnern.

»Lassen Sie Ihren Alarmknopf mal eben beiseite! Selbst wenn es ihn gäbe, würde Ihnen niemand zu Hilfe kommen, wenn Sie ihn drückten. Ich habe Ihre Rummelnachbarn kennengelernt. Also bleiben Sie ganz ruhig und beantworten Sie meine Fragen: Waren Sie gestern nachmittags hier im Zelt? Und wann waren Sie wie lange weg, um Pause zu machen?« Er war hoch erstaunt, dass er so bestimmend und hart sein konnte.

»Aber gestern war doch Sonntag! Da war ich natürlich die ganze Zeit hier. Und Pausen habe ich auch nicht gemacht. Höchstens war ich mal für zwei Minuten hinter der kleinen Tür dort. Da ist so etwas wie eine Toilette, aber wenn ich arbeite, trinke ich nicht viel und deshalb…«

»Und was ist hinter dieser…« Clemens wollte auf die Tür zeigen, hinter der er gestern den langen Gang entlang gegangen war. Aber sein Finger zeigte nur auf den Vorhang, der sich als einzige Öffnung außer dem Eingang und der Behelfstoilette zum Zeigen anbot. Als Öffnung in eine vermutlich kleine Kammer, da die gerade abgeschrittenen Außenmaße des Zeltes nicht viel mehr Platz zuließen als den Raum, in dem sie sich befanden. Gestern war allein der Vorraum schon um Einiges geräumiger gewesen.

»Da ziehe ich mich um und esse manchmal einen Happen. Sie können es sich gerne ansehen, wenn Sie wollen.« Sie schien etwas Sicherheit zurückzugewinnen, die sie vermutlich von ihm stibitzt hatte, da sie ihm abhandengekommen war. Sie griff nach einer zerkratzten Kristallkugel. »Sind Sie sicher, dass Sie nicht mit mir über Ihre Probleme sprechen möchten? Ich glaube, Sie hätten es nötig!«

»Nein, danke…, äh, ich denke, es ist alles ein Missverständnis. Ich meine, Sie sind sicher, dass Sie gestern hier waren und so…«

»Nun setzen Sie sich schon hin! Ich habe ein weiches Herz. Ich lese Ihre Zukunft auch für fünf Mark, wenn ich Ihnen damit helfen kann.«

»Nein…, nein, danke! Vielleicht ein anderes Mal.«

»Dann nehmen Sie wenigstens diesen Prospekt mit. Und wenn Sie mich nötig haben, kommen Sie zurück. Der Rummel dauert noch eine gute Woche und ich bin jeden Tag am Spätnachmittag hier. Am Wochenende schon ab morgens.« Sie drückte ihm ein Faltblatt in die Hand, das neben viel unsinnigem Text und einer Großaufnahme ihres seherisch entrückten Gesichtes auch eine Gesamtansicht des Zeltes mit aufgeschlagenem Eingangsvorhang enthielt, hinter dem man den Tisch mit der Glaskugel und ihrer dahinter sitzenden Gestalt erkannte. Das war zwar kein Beweis, dass hier gestern irgendetwas nicht mit rechten Dingen zugegangen war, aber doch ein deutlicher Hinweis, dass es sich für Amelie lohnte, ihm so weit

Glauben zu schenken, dass sie sich zu einem Kontrollgang entschließen könnte, wie er ihn heute durchgeführt hatte. Was war das Ganze doch kompliziert und undurchsichtig!

Er nickte der alten Wahrsagerin kurz und unentschlossen zu, nahm den Flyer mit, verließ das mysteriöse, fast außerweltliche Zelt und den trubelig lauten, viel zu weltlichen Festplatz.

Er kaufte in einen Supermarkt eine Flasche Ouzo, diesen berühmten griechischen Anis-schnaps und machte sich auf den Weg zu Amelies Wohnung. Ein Vorteil der Tätigkeit eines Substituts war, dass man ohne Schwierigkeiten an die Adressen seiner Mitarbeiter herankam. Da dies wesentlich leichter war als an die Mitarbeiter – insbesondere die Mitarbeiterinnen – selbst heranzukommen, war dies sein erster Schritt gewesen, noch bevor er Frau Schröder, Frau Amelie Schröder angesprochen hatte. Um diese Zeit dürfte sie eigentlich schon zu Hause sein, wenn Sie nach der Arbeit nach Hause gegangen war, jedenfalls. Einen Versuch war es wert. Auch wenn es ihm selbst schon sehr übergriffig vorkam, fand er keinen anderen Weg, um ihr Problem, letztlich vielleicht auch eigentlich sein Problem zu lösen. Kurz bevor er an ihrer Tür klingeln wollte, fiel ihm noch etwas ein. Wie gut, dass man in diese Altbautreppenhäuser hineinkam, ohne schon unten zu sagen, wer man war und was man wollte. Mit roten Ohren – glücklicherweise musste es ihm nur vor sich selbst peinlich sein – kehrte er noch einmal um und suchte nach einem Blumenladen in der Nähe.

5.

»Clemens! Was tust du hier?« Glücklicherweise klang Amelie eher erstaunt, als entsetzt.

»Ich dachte, eine echte Rose ist einfach viel authentischer als eine Plastikblume.« Er reichte ihr die langstielige, volle, dunkelrote Edelrose, die die Blumenhändlerin ihm empfohlen und mit ein paar überlangen Grashalmen dekoriert hatte.

»Oh, das ist lieb! Vielleicht war ich ja vorhin etwas schroff zu dir, aber…, weißt du…«

»Kann ich reinkommen?«

»Das…, das ist im Moment schlecht. Ich habe Besuch.«

»Oh, das ging ja schnell!« In dem Moment, wo er sie ausgesprochen hatte, bereute er auch schon seine spontan herausgesprudelten Worte. Sie hatten ja gar keine Beziehung, sie waren einmal, oder eher nur ein halbes Mal zusammen auf dem Rummel gewesen. Warum sollte sie da nicht einen anderen Mann bei sich haben? Vielleicht kannte sie ihn schon viel länger und hatte ihn schon lange vor ihrer Verabredung eingeladen. Vielleicht war ihre Verabredung gestern von ihr auch überhaupt nicht mit der Idee einer weiterführenden Bekanntschaft verbunden gewesen. Was war er nur für ein Idiot?

»Nein! Nein, es ist nicht, wie du denkst. Ich habe keinen Mann zu Besuch. Mimi ist da.«

Mimi! Das war Michaela Brambach, diese kichernde Kollegin, die sich heute Morgen über ihn lustig gemacht hatte. Nun ja, wenn er ehrlich war, war es möglicherweise auch nur seine Fantasie gewesen, dass sie sich über ihn lustig gemacht hatte. »Ah, Mimi! Das ist…, natürlich, Entschuldigung! Meinst du, ich kann trotzdem reinkommen?«

»Aber klar, wenn es dich nicht stört…« Und dann lauter in die Wohnung zurückrufend: »Mimi, du ahnst nicht, wer uns besuchen kommt!« Mein Gott, würde das peinlich werden!

»Herr Heinze! Guten Abend! Ich wusste nicht, dass Sie hier vorbeikommen würden!

Es tut mir leid, wenn ich störe. Soll ich lieber…? Ami, soll ich lieber morgen wieder kommen?«

»Auf keinen Fall«, sagte Amelie.

»Nein, auf keinen Fall«, sagte auch Clemens, obwohl er sich nicht so sicher war, dass er das auch meinte. »Ich werde allerdings, ich meine, ich muss…, nun ja, es ist so, dass alles etwas schwierig ist. Schwierig zu sein scheint wenigstens.«

»Womit ich jetzt ganz genau weiß, worum es geht.« Frau Brambach lächelte ihn freundlich und auffordernd an.

»Du kannst ruhig ganz offen reden, Clemens«, merkte Amelie an, der offensichtlich nicht klar war, dass er ohnehin nicht ruhig reden konnte, während tausend Eindrücke und Gedanken einen Veitstanz in seinem Gehirn aufführten. »Mimi und ich haben keine Geheimnisse voreinander. Also weiß sie auch, was gestern auf dem Rummel passiert ist.«

»Und danach folglich nicht passiert ist«, kicherte Michaela. Auch das noch! Sie kicherte schon wieder, und diesmal unüberhörbar. Aber andererseits… Hieß das nicht, dass ohne diese verfluchte Hellseherin etwas passieren hätte können, etwas passieren hätte sollen, was… Und nun lächelte diese Mimi ihn freundlich zugewandt an, während Sie ihn am Arm zu einem Stuhl führte. »Nun setzen Sie sich erstmal hin, Herr Heinze! Und machen Sie sich mal nicht zu viele Sorgen: Ami ist nicht wirklich so böse mit Ihnen, wie sie heute Morgen klang. Und Sie sind nicht wirklich so stoffelig, wie es gestern den Anschein für Ami hatte. So sind Sie einfach nicht. Das kann selbst ich aus der Ferne beurteilen.« Er setzte sich und stellte die Ouzoflasche auf den Tisch.

»Ist die als Wiedergutmachung gedacht?«, fragte Amelie, als sie alle drei um den runden Tisch herum Platz genommen hatten. »Die Rose finde ich sehr passend und über- aus einfallsreich, um erstmal etwas Positives zu sagen.« Mimi kicherte.

»Nein.« Clemens musste sich etwas sortie- ren, bevor er – keineswegs in Kicherstim- mung – eine Antwort gefunden und einen Plan zu ihrer Äußerung entwickelt hatte.

»Nein, dieser Ouzo dient für ein Experiment, mit dem ich mir selbst über etwas sicher werden will, bevor ich es dir, bevor ich es euch zu erklären versuche. Hast du drei Gläser und eine Kanne oder Flasche Wasser?«

Die beiden Damen sahen sich fragend an und wortlos holte Amelie drei Gläser und eine Flasche stilles Mineralwasser. »Es ist nicht sehr kalt. Ich hoffe, dein Experiment funktioniert trotzdem«, sagte sie erst, als sie alles auf dem Tisch abgestellt hatte.

»Es ist kein großartiges Experiment, und ich fürchte, ihr wisst schon, was jetzt passiert«, er goss in jedes Glas einen Schluck Ouzo. »Trotzdem bitte ich euch mir zu sagen, was geschieht, wenn ich jetzt Wasser dazu gieße.« Er goss und das Getränk wurde wohl milchig trüb.

»Der Ouzo wird weiß«, sagte Amelie.

»Wie er das immer tut, wenn man Wasser hinzufügt«, fügte Mimi hinzu.

»Ich weiß«, bemerkte Clemens. »Das liegt an den Öltröpfchen, die sich im Alkohol besser lösen als im Wasser, glaube ich. Aber was würdet ihr sagen, wenn ich euch sage, dass er für mich immer noch glasklar ist? Dass ich nichts von seiner Trübung sehen kann?«

»Das wäre nicht so schlimm«, lächelte Mimi, »wenn du – Verzeihung! – wenn Sie das nur sagen würden, aber ich fürchte beinahe, dass Sie es nicht nur sagen, sondern, dass es tatsächlich so ist.«

»Wollt ihr mich verwirren?« Amelie schaute mit entgeistertem Gesichtsausdruck zwischen ihren beiden Gästen hin und her. »Du sagst, du siehst klaren Schnaps, der aber nicht klar ist, und du sagst, dass du ihm das glaubst? Bin ich die Einzige, die hier nüchtern ist?«

»Verzeih! Aber es ist erst die erste Unglaublichkeit, die ich dir heute Abend erzählen werde. Ich dachte, ich taste mich langsam an das heran, was ich selbst nicht verstehe, was aber die Erklärung für mein gestriges Verschwinden sein könnte, wenn wir es verstehen könnten.« Er schaute Amelie ernst ins zweifelnde Gesicht. »Mein Gott, es klingt alles so schwachsinnig, oder?«

»Ja, das tut es«, gab Amelie zu.

»Aber Sie sind nicht schwachsinnig«, mischte sich Mimi wieder ein. »Können Sie durch den Ouzo auf die Tischdecke sehen?«

»Ja, schon, aber da ist nichts anderes zu sehen, als eine Tischdecke.«

»Gut. Aber Sie haben das Experiment ja nicht ohne Grund gestartet. Können Sie auch durch andere trübe Substanzen sehen? Wo ist es ihnen noch aufgefallen?«

»Erst bei der Zahnpasta, dann bei Senf. Aber es war immer nur durchscheinend, nie so klar wie in diesen Gläsern.« Er schaute – beinahe entschuldigend – Amelie an, obwohl er sich mit ihrer Freundin unterhielt. Diese mischte sich aber nicht ins Gespräch ein, bis Mimi sie fragte:

»Hast du noch dieses alte Windlicht mit der gesprungenen Glasscheibe, das du immer wegwerfen wolltest?«

»Ja, draußen auf dem Balkon, aber das hat keine Milchglasscheiben, sondern durchsichtige. Nur, falls du das Experiment noch einmal wiederholen willst.«

»Natürlich will ich das! Ich hoffe, du hast nichts dagegen, wenn ich etwas von deiner Zahnpasta verschwende…«

»Herr Heinze, Sie drehen sich jetzt bitte um«, kommandierte Amelies Freundin, als sie wenig später zurück ins Wohnzimmer kam.

»Sie können gerne Clemens zu mir sagen«, sagte Clemens, dem klar war, dass sich eine berufliche Distanz zu dieser quirligen Dame nun ohnehin nicht mehr wahren ließ.

»Und Sie können gerne Du zu mir sagen, weshalb Sie, oder eher du dich trotzdem umdrehen musst. Und du, Ami, schreibst jetzt etwas auf diesen Zettel. Egal was. Hauptsache, unser Chef kann es nicht erraten. – Gut«, sagte sie nach einer kurzen Weile. »Jetzt drehst du das Papier um, und du, Clemens, drehst dich um. – Prima!« Sie hielt ihm eine mit Zahnpasta beschmierte Glasscheibe vor die Augen. »Ich glaube, ein Auge reicht. Das ist sicherer. Du kannst doch auch mit einem gut sehen, oder?«

Statt einer Antwort kniff er das linke Auge zu. Mimi verdeckte es sicherheitshalber zusätzlich mit ihrer Hand, während sie die Glasscheibe vor das andere hielt und Amelie anwies den Zettel wieder umzudrehen.

»Ihr habt doch beide eine Macke«, las er vor. »Ich meine, nein, natürlich habt ihr keine Macke, es ist nur…«

»Es ist nur, dass ich das geschrieben habe, weil ich nicht verstehe, was hier gerade vor sich geht«, stöhnte Amelie und nahm ihm die mit Zahnpasta verschmierte Scheibe ihres Windlichtes ab, um sie sich selbst vors Auge zu halten. »Absolut undurchsichtig«, rechtfertigte sie ihr verständnisloses Stöhnen. »Was geht hier vor?«

»Wenn ich das wüsste, würde ich es dir liebend gerne erklären.« Der ruhige Ton seiner Stimme entsprach durchaus nicht seiner aufgewühlten Gemütsverfassung. »Irgendetwas muss mit meinen Augen passiert sein. Eigentlich wollte ich mit dem Ouzo-Experiment nur mir selbst beweisen, dass ich es bin, dessen Sicht auf – oder sogar durch – die Dinge sich ändert und es nicht die Dinge selbst sind, die sich geändert haben. Dank Michaela weiß ich nun, wissen wir nun, dass es etwas Unmögliches ist, was da passiert, oder besser gestern passiert ist. Das beruhigt mich.«

»Das beruhigt dich? Wir haben gerade alle drei etwas Unmögliches beobachtet und das beruhigt dich? Ich könnte mir kaum etwas Beunruhigenderes vorstellen!«

»Das, was mich beruhigt, ist nicht, was wir gesehen haben, sondern, dass wir es alle drei gesehen haben. Das bedeutet, dass ich mir nichts einbilde. Wenn wir nicht gerade zu dritt gemeinsam wahnsinnig geworden sind, haben wir den Beweis, dass unmögliche Dinge geschehen können. Oder zumindest absolut unmöglich erscheinende.«

»Okay, da gebe ich dir Recht. Aber vielleicht gibt es ja irgendeine Erklärung für dieses merkwürdige Phänomen, auf die wir nur nicht kommen.«

»Stimmt«, mischte sich Michaela wieder ein. »Vielleicht gibt es irgendeine Art von Augenkrankheit, die so etwas verursacht. Eine sehr seltene Erkrankung natürlich, von der noch nie jemand etwas gehört hat.« Ihr hin und her wiegender Kopf war nicht gerade ein Zeichen dafür, dass sie von dem überzeugt gewesen wäre, was sie da sagte. Wieso sagte sie es trotzdem?

»Das meinst du nicht wirklich, oder? Ich habe mir auch schon allerlei Gedanken über die Physik des Lichts gemacht. Aber das da...« er deutete auf die zahnpastabeschmierte Glasscheibe. »Außerdem ist es nicht das einzige Unmögliche, was mir gestern passiert ist.« Jetzt schaute er Amelie in die Augen, wobei er versuchte Ernst und Bedeutsamkeit in seinen Blick zu legen. »Was uns passiert ist.«

»Was uns passiert ist?« Die ernst angeblickten Augen weiteten sich. Nach einer kurzen Pause, in die keiner von den beiden anderen hineinredete, wohl weil die leicht geöffneten Lippen den Willen bekundeten, weiterzusprechen, sprach sie weiter. Offensichtlich hatte sie wieder in den vormittäglichen Anklagemodus zurückgewechselt, vielleicht, weil sich ihr verwirrter Verstand davon eine Spur von vertrauter Sicherheit versprach: »Das einzige Unmögliche, was uns gestern passiert ist, war dein Verhalten mir gegenüber. Du willst doch jetzt nicht versuchen, das mit diesem Zauberkunststückchen hier zu rechtfertigen, oder?«

»Nein…, doch! Also eigentlich wollte ich dir jetzt alles der Reihe nach erzählen und erklären. Aber gut. Fangen wir von hinten an: Es ist dir sehr wohl etwas Unmögliches passiert.« Er zog den Prospekt der Wahrsagerin aus der Jackettasche wie der Held in einem Gangsterfilm den Revolver aus dem versteckten Schulterholster. »Erinnerst du dich an den Eingang zum Zelt der Sibylle?« Er zeigte auf die Abbildung mit der geöffneten Eingangsplane und dem Tisch der alten Hexe. »So sieht es dort wirklich aus. Es gibt keinen großen Vorraum und es gibt keinen herkulischen Torwächter. Alles, was existiert ist eine kleine Frau, die ein paar Mark mit billiger Volksfestwahrsagerei verdient. So billig nun auch wieder nicht. Zehn Mark will sie für das hellseherische Getue haben.«

»Das mag ja auf dem Prospekt so aussehen, aber gestern war alles anders. Da waren wir nämlich zusammen dort drinnen und es stand kein Tisch da rum. Den hatten sie halt weggeräumt.«

»Eben nicht! Ich war heute noch einmal da und habe mir das Zelt genau angeschaut. Es ist insgesamt kleiner, als dass auch nur der Vorraum dort hineingepasst hätte, den wir gestern gesehen haben. Falls dich das beruhigt: Es hat keinerlei Hinterausgang. Es gibt keinen Gang, in dem ich mit dem Riesen verschwunden hätte sein können. Es gibt auch keinen Riesen. Ich habe den halben Rummelplatz befragt. Und die alte Frau hier…«, er titschte mit dem Finger auf den Prospekt mit der Großaufnahme der Hellseherin, »…saß den ganzen Nachmittag hinter ihrem Tischchen und hat auf Kundschaft gewartet.« Sein Tonfall war immer dringlicher geworden und, wie er vermutete, auch ein wenig zu laut.

»Du meinst…«

»Genau! Alles, was wir erlebt haben, seit wir dieses Zelt betreten haben, war absolut unmöglich. Was wir beide erlebt haben!«

Amelie schüttelte ungläubig den Kopf, Ihre zurückgewonnene Sicherheit schien schon wieder zu zerfließen.

»Das lässt sich ja leicht überprüfen!« Michaela übernahm wieder die Initiative und machte einen konstruktiven Vorschlag, wie er fand. Sie schaute auf die Uhr. »Der Rummel dürfte noch eine Weile geöffnet haben.« Ein Nicken zu ihrer Freundin. »Lass uns hingehen und uns die Sache anschauen. Ohne Clemens. Dann können wir uns ein unbeeinflusstes, objektives Bild der Situation machen, bevor wir weitere Unmöglichkeiten erzählt bekommen.« Sie wandte sich wieder Clemens zu. »Wir können ja alle drei morgen in deinem Büro darüber sprechen. Du kannst dir inzwischen Gedanken darüber machen, ob du nicht doch lieber einen Augenarzt aufsuchen solltest. Ich kann dir einen überaus guten empfehlen.« Wurde sie ein wenig rot? »Er ist übrigens mein Bruder und ich verspreche dir, dass er verständnisvoll sein wird, wenn du ihm sagst, dass ich dich zu ihm geschickt habe. Ich glaube, du wirst ihn mögen. Morgen bringe ich dir seine Adresse mit. Wenn du willst, rufe ich auch vorher bei ihm an.«

Was sollte er schon tun? »Ja. Ja, ich glaube das ist eine gute Idee. Also es sind zwei gute Ideen. Oder drei.« Er stand auf, schüttelte seinen Kopf, als wolle er seine Gedanken aus einer verhakselten Blockierung freibekommen, stand auf, hob beide Hände, ohne recht zu wissen, warum, und ging zur Tür. Wollte er damit sagen, dass ihm alles zu viel war und er erst einmal Zeit brauchte, um sich selbst zu sortieren? Wollte er sich von den beiden Freundinnen mit zweifachem Winken verabschieden? Waren es weitere Vorwürfe, die er abwehren wollte, oder ein *ich ergebe mich* gegenüber den Entscheidungen und dem Plan Michaelas? »Bis morgen«, rief er noch zurück und trappelte die Treppen hinunter in die Realität des Augenblicks, um seine Verwirrung in Amelies Wohnung zurückzulassen.

6.

Es war ein sonniger Morgen und Clemens war dem Wetter angepasst guter Laune. Es hatte ihn nicht gestört, dass er sich mit durchsichtigem Gel die Zähne putzen musste, eher hatte er sich darüber amüsiert, dass er die Borsten der Bürste durch die Zahnpasta hindurch hätte zählen können. Er hatte sich vor die Milchglasscheibe seiner Badezimmertür gestellt und alle Einzelheiten seines Flurs betrachtet. Es war eine großartige Fähigkeit, die er gewonnen hatte, wie auch immer das passiert war. Nachher würde er mit Amelie sprechen und ihr alles in Ruhe erzählen können. Sie hätte sich inzwischen davon überzeugt, dass er durchaus keine Lügengeschichten erfand. Sie würde ihm glauben, ihm verzeihen, und – ja, wenn er das gestern richtig gedeutet hatte, könnte es durchaus doch noch etwas werden mit ihnen beiden! Er hüpfte einen kleinen Freudenluftsprung, so klein, dass ihn wahrscheinlich niemand außer ihm selbst wahrnehmen würde. Aber selbst, wenn – was machte es schon aus, dass man ihm sein Glück ansah? Er fühlte sich wie ein Teenager auf Freiersfüßen, was, wenn man es genau nahm, gesetzlich eine eher schwierige Situation gewesen wäre, ohne dass dies seiner Gedankenfreude Abbruch getan hätte.

Voller Schwung betrat er das Geschäft. »Guten Morgen, Frau…« Also was war das denn? Im Prinzip war es ihm egal, was die Verkäuferinnen während ihrer Arbeit für Kleidung trugen. Aber diese durchscheinende Bluse, durch die man sogar die Marke ihres BHs lesen konnte, war doch nun wirklich nicht geeignet für… Ach so! Sein neues Sehvermögen schien noch einen Schritt weiter zu gehen, als er gestern gedacht hatte.

»Albers! Mein Name ist Albers. Guten Morgen, Herr Heinze!« Die junge Verkäuferin wirkte etwas pikiert, was man ihr nicht verdenken konnte. Clemens kannte selbstverständlich die Namen aller Angestellten und es war ihm wichtig, sie damit anzureden, um eine freundliche, fast familiäre Atmosphäre in der Belegschaft zu schaffen. Dass es jetzt so wirkte, als hätte er ausgerechnet ihren vergessen war ihm furchtbar peinlich.

»Natürlich heißen Sie Albers! Ich war nur etwas abgelenkt, wegen ihres…, wegen Ihrer Bluse! Tragen Sie öfter diese Bluse, Margret? Und ich dachte mir, vielleicht sollte ich Sie lieber Margret nennen, statt Frau Albers. Das klingt doch viel persönlicher oder nicht?« Zugegeben: In einem Stummfilm wäre die Szene mit dem Text *Herr Heinze sucht verzweifelt eine Ausrede für seine Vergesslichkeit* unterlegt worden. Dabei war er ja gar nicht vergesslich, aber er konnte ja wohl kaum sagen, dass er sich gerade über die Marke ihres BHs Gedanken gemacht hatte. Aber wo blieb sein übliches Gestammel? Klang er nicht sogar irgendwie souverän?

»Schon gut, Herr Heinze! Gerne dürfen Sie mich Margret nennen, wenn Sie möchten. Und die Bluse trage ich tatsächlich nicht allzu oft im Geschäft. Gefällt sie Ihnen?« Sie breitete die Arme aus und drehte sich wie auf dem Laufsteg einer Modeschau. Ein durchaus erfreulicher Anblick, denn sie hatte eine ausgesprochen gute Figur wie er feststellte, sobald er sich in einer Blitzentscheidung entschlossen hatte, sich nicht für seinen voyeuristischen Blick zu schämen. Das schmunzelnd selbstbewusste Lächeln, das ihm nicht nur das Anschauen des wohlproportionierten Körpers, sondern auch das Gefühl der Überlegenheit, auf sein Gesicht zauberte, da er mehr sehen konnte, als sie ahnte, schien eine unerwartete Wirkung zu entwickeln. »Wenn Sie mögen, kann ich sie auch öfter tragen, Herr...« Sie schenkte ihm ein verführerisches Lächeln. »Darf ich Sie auch Clemens nennen?«

Noch nie hatte er mehr als ein paar oberflächliche Worte mit dieser Frau Albers gewechselt. Niemals hatte sie irgendein außerberufliches Interesse an ihm gezeigt, niemals hätte er sich getraut, sie auf ihre Kleidung oder auch nur mit ihrem Vornamen anzusprechen. Und jetzt wirkte es auf einmal, als sei es ein Leichtes, ihr auch noch das Du anzubieten und sich mit ihr zum Essen zu verabreden. Gerade jetzt, wo es ihm nach Jahren gelungen war, mit Amelie einen privaten Kontakt aufzubauen. Sie waren zwar noch nicht zusammen, aber… Nein! Das war nicht der richtige Zeitpunkt für einen zweiten Versuch, eine Freundin zu bekommen.

»Natürlich dürfen Sie mich Clemens nennen, und ja, die Bluse gefällt mir wirklich sehr! Vielleicht unterhalten wir uns irgendwann noch einmal ein bisschen über Mode, aber heute habe ich leider schrecklich viel zu tun. Lassen Sie uns nächste Woche mal darüber reden!« Das war doch ein guter Kompromiss, oder? Falls es mit Amelie nichts werden würde, nach diesem verkorksten Start… Ein bisschen schofelig fühlte er sich schon.

»Ja, dann lassen Sie sich von mir nicht aufhalten, Clemens!« Sie zupfte etwas an ihrer durchsichtigen Bluse. »Und ich würde mich freuen, wenn Sie nächste Woche mal Zeit für mich hätten.« Ein strahlendes Lächeln. »Von mir aus auch nach Feierabend!«

Clemens zwinkerte ihr, wie er fand, jungenhaft frech zu und hauchte noch ein »Gerne« in die Luft, während er weiterging, um dem Rest der Belegschaft einen guten Morgen zu wünschen.

»Guten Morgen!«

»Guten Morgen, Herr…, guten Morgen, Herr Heinze!«

»Morgen, Clemens! Gut siehst du aus, heute!«

»Moin, Moin! Schön, Sie zu sehen, Chef!«

»Hallo…, ja, hallo, Herr Heinze!«

Irgendwie waren die Begrüßungen heute anders als sonst. Irgendwie respektvoller, anerkennender, beinahe bewundernd. Während er die theoretischen Erkenntnisse der Marktforschungsabteilung seines Unternehmens in Bezug auf BH-Vorlieben der Damenwelt einem realistischen Praxistest unterzog, schien er auf mysteriöse Weise einen veränderten Eindruck auf das Personal zu machen. Sogar auf Horst Lauber, den er als einziges Mitglied der Belegschaft außer Amelie und seit gestern Michaela duzte. Bei ihm gab es natürlich keinen BH zu sehen, dafür eine säuberlich enthaarte Brust. Und eine ansehnliche Muskulatur. Er hatte gar nicht gewusst, dass Horst so sportlich war.

An Amelie und Michaela schaute er so gut es ging vorbei, um seine neuen Sehfähigkeiten nicht zu indiskreten Zwecken zu missbrauchen. Es ging nicht gut! Amelie trug einen von diesen Push-up-BHs, die die Oberweite optisch vergrößern sollte, und von denen er im Gegensatz zu den Marktforschern bisher immer zu Unrecht gedacht hatte, dass sie nur von Frauen gesetzten Alters oder denen mit viel zu kleinen Brüsten getragen würden. Michaela trug – oh! – sie trug gar keinen BH! Trotzdem hatten ihre Brüste eine perfekte Form. Prall, aufrecht, sogar die… Nein, er durfte dort wirklich nicht so genau hinsehen!

Als er sich im Büro hinter seinem Schreibtisch auf den Sessel fallen ließ, musste er erst ein paarmal tief durchatmen, um sich auf seine Arbeit konzentrieren zu können. Leider ließen sich die Eindrücke, die er auf dem Weg hierher von der Damenwelt gesammelt hatte, nicht so einfach wegatmen. Oder glücklicherweise. Er dachte an eine seiner

Mitarbeiterinnen nach der anderen und an ihre Unterwäsche, deren Kenntnis eine ungekannte Freude und etwas in ihm wachsen ließen, was er beinahe als Machtgefühl empfand.

So kam es, dass er nicht sonderlich viel von seiner täglichen Arbeit geschafft hatte, als es an der Tür klopfte und kurz darauf Amelie und Michaela hereinkamen.

»Wir waren da«, begann Michaela, bevor er noch eine Frage hätte stellen können. »Wir waren da und alles war so, wie du es gesagt hast. Zu kleines Zelt, kein Hinterausgang, kein Vorraum, kein Torwächter. Wir haben fast alle Schausteller und Imbissverkäufer des Rummels gefragt: Alle kannten das Zelt, einige die Sibylle, keiner den großen Mann. Ich glaube, du kannst jetzt fast alles erzählen, was du willst, und Ami wird es dir glauben.«

»Na ganz so ist es auch wieder nicht«, wandte Amelie ein. »Aber ich bin sicher, du wirst mir sowieso die Wahrheit erzählen, oder etwa nicht?« Ihr Lächeln hatte etwas

Unsicheres, auch etwas Entschuldigendes. Clemens war sich nicht sicher, ob zur Wahrheit auch gehörte, dass er in diesem Moment durch ihre Bluse sehen konnte. Aber dieser Teil der Wahrheit konnte sicher noch warten. Immerhin hatte sie ihn nicht danach gefragt, und es könnte ihre hoffentlich gerade wieder auflebende Unbefangenheit empfindlich beeinträchtigen.

»Also gut«, sagte er und begann vom Tempel der Sibylle zu erzählen. Von dem breiten Gang, den es gar nicht gegeben haben konnte, von der hübschen Frau, die er dort als Priesterin angetroffen hatte, wobei er sich jedoch jeden Superlativs in der Beschreibung ihrer Schönheit enthielt. Über das Gespräch, das er mit ihr geführt hatte, und über ihre Behauptung, er sei zu schüchtern, die ihm jetzt gar nicht mehr so falsch vorkam, wo er gerade dabei war diese Schüchternheit abzulegen. Die neu aufkommende Selbstsicherheit ließ ihn sein Selbst der Vergangenheit etwas objektiver betrachten. Und dass er schließlich den Wunsch geäußert hatte, alles zu begreifen, damit er sich an die Erfordernisse eines erfolgreichen Lebens anpassen konnte.

»Wie hast du ihn genau formuliert, deinen Wunsch«, hakte Michaela ein. »Was hast du zu dieser Sibylle gesagt?«

»Ich habe gesagt, dass ich alles durchschauen will.« Clemens stutzte.

»So wie deine Zahnpasta und den trüben Ouzo mit Wasser«, setzte Michaela seinen Wunsch fort, wie er nicht gemeint gewesen war. »Und vielleicht auch…« Sie setzte ein herausfordernd freches Lächeln auf. »… die Blusen deiner Mitarbeiterinnen?«

»So war es nicht gemeint!« Sein fehlendes Dementi reichte Amelie als Bestätigung der Vermutung ihrer Freundin. Sie verschränkte ihre Arme über ihrem Push-up-BH. Michaela hingegen drückte sich ins Hohlkreuz und schenkte ihm freigiebig einen ausgiebigen Blick auf ihre sich ihm entgegenreckenden wohlgeformten Brüste. »Ja«, gab er zu. »Seit heute Morgen kann ich auch durch Blusen schauen. Aber ich kann nichts dafür. Ich habe es mir nicht gewünscht. Und ich wollte, ich könnte es nicht!« Das war nun natürlich gelogen, denn es war schon eine ziemlich tolle Fähigkeit, die er da entwickelt hatte. »Irgendetwas ist da drin passiert in dem Zelt. Irgendetwas, das gar nicht passiert sein kann. Ich wollte, ich hätte mich geweigert, zu dieser Wahrsagerin zu gehen, aber siehst du, Amelie, ich kann dir einfach nichts abschlagen!« Er schaute ihr in die Augen, so tief er konnte. Ganz bewusst nur ins Gesicht und dabei bemühte er sich, große, traurige Hundeaugen zu machen. Das musste doch ziehen, oder?

Es zog. Amelie umrundete den Schreibtisch und gab ihm einen langen, zärtlichen Kuss. Nicht auf die Wange, sondern auf den Mund. Nicht wie eine Bekannte, sondern wie eine Freundin. Seine Freundin. Nicht aus Freundschaft, sondern aus Liebe. –

Es war enttäuschend! Natürlich waren ihre Lippen weich und warm, und er spürte ihre Hingabe. Jahrelang hatte er sich auf seinen ersten richtigen Kuss gefreut und ein Anflug von Triumpf schabte an seinem Gehirn vorbei. Irgendwo dort, wo Stolz und Freude über einen Erfolg sitzen mussten. Aber sein

Herz wollte sich nicht so recht mitfreuen. Es fehlte dieser innere Knall, den er erwartet hatte. *Bäng* hätte es machen müssen! Irgendetwas stimmte nicht! Schon wieder *irgendetwas*! Wie oft hatte er dieses Wort in den letzten zwei Tagen schon gedacht, dieses unbefriedigende Buchstabenungetüm zwischen den zähneknirschenden Zellen seines suchenden Gehirns zermahlen! Vielleicht war sie einfach die falsche Frau für ihn. Vielleicht passten ihre Pheromone nicht zusammen. Diese unriechbaren Geruchsstoffe, die die Anziehung zwischen männlichen und weiblichen Exemplaren einer Spezies ausmachten. Jetzt, wo er es schon einmal so biologisch betrachtete, stellte er fest, dass auch jede angemessene Reaktion seiner Sexualorgane darauf fehlte, dass ihn eine zumindest optisch fast unbekleidete hübsche Frau gerade innig geküsst hatte.

Clemens war verwirrt. Freundlich, aber eben nur freundschaftlich strich er ihr über die Wange. »Danke, dass ist lieb, dass du mir vertraust.« Eigentlich wäre die richtige Reaktion jetzt eine zärtliche Umarmung und ein abermaliger Kuss gewesen, aber Michaela war ja noch dabei. Das dürfte wohl als Erklärung für die mangelnde Zurschaustellung seiner Liebe ausreichen, bis er sich etwas klarer über seine Gefühle geworden wäre. – Michaela!

»Jetzt, wo wir geklärt haben, dass anscheinend offensichtlich etwas Unmögliches geschehen ist, sollten wir uns daranmachen, zu klären, was es ist, was da überhaupt geschehen ist«, sagte sie, ohne irgendeine Peinlichkeit der Situation durchklingen zu lassen. Sie hörte sich an wie in einem Spielfilm, in dem sich drei Freunde auf eine gemeinsame Schatzsuche begeben hatten. »Hier ist die Adresse der Praxis meines Bruders.« Sie reichte ihm eine Visitenkarte. *Dr. Michael Brambach, Facharzt für Ophthalmologie* stand in goldenen Lettern auf dem lachsfarbenen Kärtchen. Sehr einfallsreich schienen die Eltern Brambach bei der Namenssuche für ihre Kinder nicht gewesen zu sein.

»Danke! Ich werde gleich nachher anrufen und einen Termin bei ihm vereinbaren.«

»Nein, ein bisschen anders: Du wirst gleich jetzt dorthin gehen und er wird dich untersuchen. Den Termin habe ich schon für dich vereinbart, und ich habe meinem Bruder auch erklärt, worum es geht. Auf diese Weise kann er sich schon mal Gedanken über das Phänomen machen oder irgendwo nachlesen, wenn er eine Idee hat.« War das nicht ein bisschen übergriffig? Aber sie strahlte ihn so herzlich an, während sie ihren Plan für seinen weiteren Tagesverlauf herausprudelte. Mimi! Kein Wunder, dass Amelie sie so mochte. Etwas quirlig schon, aber einfach lieb!

»Du vergisst, dass ich zu arbeiten habe.« Er deutete auf die unbearbeiteten Akten auf seinem Schreibtisch und den überquellenden Postkorb. »Ich kann nicht so einfach mal meinen Arbeitsplatz verlassen, um meine Augen untersuchen zu lassen.«

Amelie mischte sich ein und legte eine warme Hand auf seinen Oberarm. »Mimi hat Recht, Clemens. Es gibt wichtige und wichtigere Dinge im Leben. Aber das Allerwichtigste sind deine Augen. Geh zu

Michael. Bitte!« Wie konnte er jetzt noch
ablehnen?

7.

»Ah, Herr Heinze! Der Doktor erwartet Sie schon. Gehen Sie doch bitte direkt dort hinten ins Sprechzimmer drei und nehmen Sie dort Platz. Er wird gleich bei Ihnen sein.«

»Wollen Sie nicht erst meinen Krankenschein haben? Eine Überweisung habe ich leider nicht.«

»Nein, nein, der Doktor hat gesagt, wir sollen Ihren Krankenschein nicht annehmen. Es ist eine absolut private Konsultation.« Die Arzthelferin am Tresen lächelte ihn freundlich an. »Natürlich kostenfrei. Er sagt, sie seien ein guter Freund seiner Schwester.«

Guter Freund war natürlich etwas übertrieben. Immerhin kannten sie sich erst seit gestern wirklich. Trotzdem durchlief ihn ein warmer Schauer bei dem Gedanken, dass er nun ein guter Freund Mimis war. Er nickte der Anmeldekraft freundlich zu, bedankte sich in beinahe jovialem Ton und durchschritt die paar Meter bis zum Sprechzimmer drei in souveränem Gang. Der Gedanke, einem unbekannten Arzt ein so absurdes Problem vorzutragen war ihm zunächst etwas peinlich gewesen. Wie würde er reagieren, wenn er seine scheinbare Lüge hörte? Das war doch peinlich! Aber dass er nun auch durch den BH der Sprechstundenhilfe hindurchblicken konnte, hatte ihm sofort seine neue Selbstsicherheit zurückgegeben. Es war eben doch wahr!

»Hallo, ich bin Michael.« Der sportlich dynamische junge Mann im weißen Kittel, der ihm seine Hand reichte, war ihm sofort sympathisch. Auch die Brustmuskulatur, die sich unter seinem Hemd nicht vor ihm verbergen konnte, war genau so ausgeprägt, wie er seine eigene einschätzte: Durch Training fest und wohlgeformt, aber nicht so unnatürlich vorgewölbt wie bei einem Bodybuilder. Die des Torwächters dürfte schrecklich einschüchternd gewesen sein, wenn sie vorgestern nicht noch durch den Anzug verborgen gewesen wäre. Der Augenarzt schien sich sorgfältig um sein gepflegtes Äußeres zu kümmern. War er selbst eigentlich der einzige attraktive Mann, der sich seine Brusthaare nicht abrasierte?

»Hallo, ich bin Clemens.« Er ergriff die dargebotene Hand. Der Druck war kräftig aber nicht etwa unangenehm quetschend oder besitzergreifend. Die Handfläche war warm und trocken. Beinahe war es, als flösse eine Art beruhigende Energie durch sie in seinen Körper. Vielleicht war das eine Art ärztlichen Charismas, das dabei half, Menschen zu heilen? Er hatte in den letzten zwei Tagen ja wahrlich Unwahrscheinlicheres erlebt.

»Mimi hat mir von deinem Problem erzählt. Ich glaube, jemand anderem hätte ich diese Geschichte auch nicht geglaubt.«

»Keine Sorge. Mir geht es ähnlich. Ich hätte sie allerdings überhaupt niemandem geglaubt.«

»Das tut mir leid für dich. Es ist gut, jemanden zu haben, dem man absolut vertrauen kann, weil er nichts als Gutes für dich will.«

»Ja…, ja, da magst du Recht haben. Aber so jemanden habe ich leider noch nicht gefunden.« Woran lag es nur, dass er mit diesem fremden Mann so vertraulich reden konnte. Es fühlte sich so selbstverständlich an. »Wenn es dir nichts ausmacht, würde ich dich trotzdem bitten, noch einmal zu überprüfen, ob ich wirklich durch Dinge hindurchschauen kann. Vielleicht ist es ja doch nur irgendeine Art von Autosuggestion oder Massenhysterie. Da wäre eine Art wissenschaftlicher Beweis der Richtigkeit meiner Wahrnehmung einfach beruhigend.«

»Na klar! Setz dich mal dort rüber, dann machen wir einen etwas modifizierten Sehtest.« Clemens setze sich auf den Untersuchungsstuhl und Michael setzte ihm eine Art dicker Brille auf die Nase. »Du kennst das wahrscheinlich. Ich setze jetzt verschiedene Linsen in das Gestell und du sagst mir, was du von einer Tafel dort hinten an der Wand lesen kannst.« Er schaltete ein helles Licht an.

»Ja, für den Führerschein musste ich so einen Test machen. Ich glaube, da gab es auch noch so ein paar Kreise mit verschiedenen Lücken.«

»Landolt-Ringe. Genau. Hier kommen die ersten Gläser.«

Es wurde kurz etwas unscharf, dann konnte er die Buchstaben auf der Tafel problemlos lesen: »E, C, B…«

»Gut, und jetzt die Zeile ganz unten!«

»T, E, F…«

»Jetzt halte ich mal meine Hand vor dein rechtes Auge. Du schaust nur mit dem linken.«

Es ging noch ein bisschen weiter. Clemens konnte alles lesen, selbst die Öffnungen der kleinsten Landolt-Ringe konnte er problemlos erkennen: »Rechts, unten links, oben…«. Auch die Linsen wechselte Michael ein paar Mal. Immer wieder scharfe Sicht! Endlich nahm er ihm das Gestell ab.

»Du kannst sehen wie ein Luchs! Und das, obwohl ich extra ein paar besondere Linsen für dich vorbereitet habe. Ich habe meinen alten Schultuschkasten herausgekramt und ein Paar mit schwarzer Farbe, ein anderes mit Deckweiß undurchsichtig gemacht. Du hast es gar nicht bemerkt!«

»Also kannst du bestätigen, dass ich durch Dinge hindurchsehe. Aber findest du irgendeine Ursache dafür? Irgendeine wissenschaftliche Erklärung, auch wenn sie noch so unwahrscheinlich ist?«

»Ich werde noch deine Hornhaut und die dahinter liegenden Abschnitte mit der Spaltlampe untersuchen und mir deinen Augenhintergrund zusätzlich mit dem Ophthalmoskop anschauen. Einem Augenspiegel. Aber – nein, ich glaube nicht, dass ich eine Ursache für dieses Phänomen finde. Physikalisch ist das unmöglich. Du siehst Licht, das es nicht gibt. Nicht geben kann. Wer weiß, vielleicht hast du eine seherische Begabung, die nichts mit den Augen zu tun hat. Glauben würde ich so etwas nicht, wenn ich nicht sähe, dass du siehst, was du nicht sehen kannst.«

»Warum willst du mich dann untersuchen, wenn du sowieso nichts finden wirst?«

»*Nichts* habe ich nicht gesagt. Ich habe *keine Ursache* gesagt. Es könnte aber sein, dass ich eine Folge deines ungewöhnlichen Sehvermögens finde. Irgendeinen Schaden,

den die neue Sicht an deinen Augen anrichtet. Den könnte man dann vielleicht versuchen, zu verhindern.«

»Und wie willst du ihn verhindern? Mit einer schwarzen Blindenbrille?«

»Klingt nicht sehr attraktiv, was? Vielleicht brauchst du nur eine Brille mit Polfilter, ein paar Augentropfen oder irgendetwas Ähnliches, was dein hübsches Gesicht nicht entstellt. Das können wir ja zusammen versuchen herauszubekommen, falls wir überhaupt irgendetwas feststellen. Lass uns erst mal hoffen, dass alles normal ist. Zu gutes Sehen ist ja zunächst nicht direkt ein Krankheitssymptom.« Ein Polfilter! Daran hatte er doch auch schon gedacht. Allerdings eher als Erklärung für das Phänomen, als daran, es dadurch abzuschwächen. Eigentlich wäre es schade, wenn das nötig wäre, denn so schlecht fand er seine neue Fähigkeit auch wieder nicht. *Röntgenblick* hieß das in den Supermannheften, die er früher so gerne gelesen hatte. Nur dass der gezielt eingesetzt werden konnte. Vielleicht musste er das erst irgendwie trainieren.

Er musste sein Kinn in ein merkwürdiges Gestell legen. Über einen beweglichen Arm konnte eine Apparatur vor sein Gesicht geschwenkt werden, an der sich so etwas wie ein Fernglas oder eher ein binokulares Mikroskop befand, und außerdem eine Lichtquelle, die Michael jetzt einschaltete. »Das kann etwas blenden«, sagte er, was es auch tat. Nach mehreren kleineren Schwenk-bewegungen und einem gelegentlichen lei-sen Summen durch das Verstellen der Optik wechselte er das Auge. »Wenn du jetzt schwarze Punkte, grüne Balken oder Ähnli-ches siehst, ist das ganz normal. Deine Seh-zellen müssen sich erst daran gewöhnen, dass das grelle Licht weg ist. Das hat etwas mit dem Zustand deines Sehpurpurs und anderer Lichtpigmente zu tun.«

»Also sehe ich etwas, was gar nicht da ist. Das kommt doch schon mal in die Nähe davon, dass ich sonst etwas sehe, was gar nicht da sein dürfte.« Clemens schmunzelte.

»Du hast wirklich einen besonderen Sinn für Humor!« Michaels Stimme streichelte durch seinen Gehörgang. »Und ich finde es toll, dass du ihn dir bewahrt hast, obwohl dieses Sehchaos seit zwei Tagen sicher nicht nur durch deine Augen, sondern auch durch dein Hirn tobt.« Was für ein angenehmer, sanfter Tonfall.

»Das ist nur Galgenhumor.«

»Ich bitte dich: Das hier ist eine Spaltlampe und kein Fallbeil. Eine Hinrichtung ist nicht vorgesehen.«

»Nein, du siehst auch gar nicht wie ein Henker aus, aber das ist wahrscheinlich nur ein Täuschungsmanöver, um die Patienten nicht zu verschrecken.«

»Stimmt! Meine schwarze Kapuze verstecke ich immer bis zum letzten Moment. Aber bei dir hätte sie ja sowieso keinen Sinn. Du würdest vermutlich glatt hindurchschauen!«

Wie entspannend es war, so eine alberne Konversation zu führen! Trübe Gedanken und grübelnde Sorgen machten sich auf die eilige Flucht vor der lockeren Blödelei. Clemens musste plötzlich lachen, befreit auflachen, und Michael lachte mit.

»Was bist du nur für ein komischer Arzt! Die habe ich mir immer viel ernster vorgestellt und auch immer so erlebt.«

»Das kann ich dir erklären: Im Moment bin ich gar kein Arzt, weil du ja keine Krankheit hast. Deshalb hat die Schwester dir auch deinen Krankenschein nicht abgenommen. Hoffe ich. Im Moment bin ich ein Wissenschaftler, der zusammen mit einem guten Freund versucht einem seltsamen Phänomen auf die Spur zu kommen. Leider bin ich kein guter Fährtenleser, wie es scheint.«

»Oh! Wirf die Flinte nicht zu früh ins Korn! Du wolltest mir ja noch mit diesem Dingsda, diesem Spiegel ins Auge schauen.«

»Richtig. Dabei muss ich dir jetzt etwas näherkommen. Ich hoffe, das ist dir nicht unangenehm.«

»Ganz im Gegenteil«, konnte er noch sagen, dann beugte sich Michael so nah zu ihm herüber, dass er seine Wärme spüren konnte. Er roch ausnehmend gut. Nicht nur gut, sondern irgendwie... Aber er hatte schon genug mit seinen optischen Wahrnehmungen zu tun. Er sollte sich jetzt nicht auch noch über seinen Geruchssinn Gedanken machen.

In der Hand hielt sein befreundeter Wissenschaftler ein Gerät, dessen röhrenartiger Metallgriff von einem breiteren Kopfstück gekrönt wurde, aus dem ein heller Lichtstrahl in sein Gesicht viel. Gespeist wurde die Lampe von zwei 1,5-Volt-Batterien, die im Griff verborgen waren.

Clemens schreckte zurück. Sie waren eben nicht verborgen! Konnte er jetzt schon durch massives Metall sehen? Über dem Michaels Hände lagen? Nein, jetzt war alles wieder normal.

»Verzeihung, habe ich dich zu sehr geblendet?«

»Nein, überhaupt nicht!« Clemens entspannte sich wieder. »Es ist nur: Sind da zwei 1,5-Volt-Batterien in dem Stiel deines Augenspiegels? Von Varta?«

»Ich glaube schon.« Michael lehnte sich zurück, schraubte einen Deckel unten von dem Griff seines Ophthalmoskops und ließ zwei Batterien in seine Hand gleiten. Varta-

Batterien von 1,5 Volt. »Verstehe! Es wird schlimmer.«

»Nein, es war nur ganz kurz. Jetzt ist alles wieder normal. Ich war bloß einen Moment neugierig und plötzlich konnte ich sie sehen.«

»Wow! Das ist nun mit Sicherheit kein optisches Phänomen mehr. Durch den Metallgriff kommt bestimmt kein bisschen Licht durch. Lass mich zur Sicherheit trotzdem noch einmal in deine Augen schauen!«

»Natürlich! Entschuldige, dass ich weggezuckt bin!«

»Solange es nicht ich war, vor dem du erschrocken bist…«

»Absolut nicht! Also los!«

Michael schaute ins rechte, er schaute ins linke Auge. »Nichts«, sagte er, nur um noch einmal mit kritischem Blick ohne Instrument sein Gesicht ganz dicht vor seines zu bringen. Und mit einem Mal befanden sich seine Lippen auf seinen. Der Kuss kam für Clemens völlig unerwartet.

Bäng machte es. Eine zärtliche Wärme durchflutete ihn bis in die Zehenspitzen,

Michaels Duft krallte sich in sein Riechzentrum und überschwemmte ihn mit einem unglaublichen Glücksgefühl. Er schloss die Augen und wusste nicht, wie lange ihr Kuss gedauert hatte, als sie sich endlich voneinander lösten und sein Gehirn langsam wieder anfing zu arbeiten. Was war da nur passiert? Alles, was er sich immer von seinem ersten richtigen Kuss erträumt hatte, war hier gerade geschehen. Viel mehr noch, als er sich vorstellen hatte können. Aber das war doch…

Mit einem Mal wurde ihm alles klar. Er durchblickte das Geflecht aus fehlerhaften Grundannahmen, unpassenden Zielen, unzweckmäßigen Entscheidungen, und ungeschicktem Verhalten, das sein ganzes Leben durchzog. Wie hätte er jemals die richtige Frau finden können, wenn eine Frau einfach nicht das Richtige für ihn war?

Er schaute Michael mit einem ungewohnten Gefühl im Bauch ins Gesicht. Spiegelte sich in seinen Augen die eigene Verliebtheit? Der nickte, als habe er seine gedachte Frage gehört.

»Eigentlich«, sagte er, »können wir dieser Priesterin beide dankbar sein, was?«

»Und Mimi, die mich zu dir geschickt hat. Vielleicht hat sie ja auch etwas von einer Seherin.«

»Zumindest hat sie eine außerordentliche Menschenkenntnis. Und man erzählt sich in unserer Familie, wir hätten das Gedankenlesen im Blut. Das ist natürlich Blödsinn!«

Clemens holte tief Luft und stieß einen erleichterten Seufzer aus. »Heute ist der schönste Tag meines Lebens!«, rief er dann so laut, dass es vermutlich die Sprechstundenhilfe draußen an der Anmeldung hören konnte. Er schaute seinem Geliebten ins ebenmäßige Gesicht, sein Blick glitt den blütenweißen Kittel hinab, die gebügelten Ärmel entlang bis zu den gepflegten Händen, die er voller glücklicher Emotionen ergriff, um sie an seine Wange zu legen. Er stutzte. Wo war die glattrasierte, muskulöse Brust? Ein weißer Kittel. Er blinzelte.

»Es…es ist weg! Ich kann, also ich kann nicht…«

»Ich weiß!« Michaels sanftes Lächeln war wie eine Quelle des Glückes und der Geborgenheit. »Ich glaube, die Sibylle hat deinen Wunsch doch nicht falsch verstanden.«

Epilog

Es ist sicher nicht notwendig zu erzählen, dass Clemens und Michael ein glückliches Paar geworden sind. Erst nach mehr als zehn Jahren durften Sie heiraten. Die Niederlande waren damals das erste Land, das eine Ehe zwischen gleichgeschlechtlichen Partnern erlaubte. Die Hochzeitszeremonie fand deshalb in Amsterdam statt. Nach einem rauschenden Fest rauschten sie in ihrem nagelneuen, lackglänzenden Sportcabrio in die Flitterwochen. Wohin sie gefahren sind, und was im weiteren Verlauf ihres Lebens aus ihnen geworden ist? Ich weiß es nicht, denn mein Freund, von dem ich diese Geschichte gehört habe, und der mir ihre Wahrheit immer wieder versichert hat, kann es mir nicht mehr erzählen. Er liegt jetzt auf einem einsamen Friedhof, auf dem ich ihn immer wieder in Gedanken besuche. Zumindest läge er dort, wenn es ihn wirklich gegeben haben sollte. Vielleicht habe ich mir die ganze Geschichte aber auch nur ausgedacht, womit ich zwar nicht sein Leben gerettet, ihm aber immerhin seinen Tod erspart hätte.

Zeitfracht Medien GmbH
Ferdinand-Jühlke-Straße 7
99095 Erfurt, Deutschland
produktsicherheit@kolibri360.de